Retrato da mãe quando jovem

Friedrich Christian Delius

Retrato da mãe quando jovem

Tradução do alemão e posfácio de
Luis S. Krausz

TORDSILHAS

Copyright da tradução e do posfácio © 2012 Tordesilhas
Publicado originalmente sob o título *Bildnis der Mütter als Junge Frau*
Copyright © 2006 by Rowohlt Verlag GmbH, Berlim

Todos os direitos reservados. Nenhuma parte desta edição pode ser utilizada ou reproduzida – em qualquer meio ou forma, seja mecânico ou eletrônico –, nem apropriada ou estocada em sistema de banco de dados, sem a expressa autorização da editora.

O texto deste livro foi fixado conforme o acordo ortográfico vigente no Brasil desde 1º de janeiro de 2009.

EDIÇÃO UTILIZADA PARA ESTA TRADUÇÃO Friedrich Christian Delius, *Bildnis der Mutter als junge Frau*, Berlim, Rowohlt, 2006.
PREPARAÇÃO Beatriz de Freitas Moreira, Graça Couto
REVISÃO Fátima Couto
CAPA Andrea Vilela de Almeida
IMAGENS DE CAPA Sergey Goryachev (envelope) e Marilyn Volan (renda) / Shutterstock.com

1ª edição, 2012

Dados Internacionais de Catalogação na Publicação (CIP)
(Câmara Brasileira do Livro, SP, Brasil)

Delius, Friedrich Christian
    Retrato da mãe quando jovem / Friedrich Christian Delius ; [traduzido do alemão por Luis S. Krauz]. -- São Paulo : Tordesilhas, 2012.

    Título original: Bildnis der Müter als junge Frau

    ISBN 978-85-64406-37-7

    1. Ficção alemã I. Título.

12-04842   CDD-833

Índice para catálogo sistemático:
1. Ficção : Literatura alemã 833

2012
Tordesilhas é um selo da Alaúde Editorial Ltda.
Rua Hildebrando Thomaz de Carvalho, 60
04012-120 – São Paulo – SP
www.tordesilhaslivros.com.br

Sumário

Retrato da mãe quando jovem   7
Impressões de uma caminhada   138

Retrato da mãe quando jovem

Para U. B.

Caminhe, minha jovem senhora, caminhe, se caminhar a senhora quiser, alegra-se o criança se a senhora caminhar, disse o dr. Roberto em seu alemão engraçado, com forte sotaque italiano,

e como sempre, quando ela se preparava para um passeio ou para resolver alguma coisa na cidade, dançavam em sua cabeça essas palavras que o médico costumava pronunciar com um sorriso de advertência amistosa e com voz suave, depois da consulta semanal,

bonita mulher, jovem mulher, saudável mulher, movimentar-se bom, esforçar-se não bom, e o oxigênio do ar romano, algo mais bom na Itália não tem para a senhora e para o criança, a cidade Roma alegra-se dar de presente à senhora e ao criança seu bom ar,

estímulos curiosos e cumprimentos aborrecidos, que a acompanhavam já em seus primeiros passos a caminho de fora, enquanto ela penteava os cabelos diante do espelhinho do banheiro, e fazia uma trança, e a prendia, e depois, com um olhar cético, punha seu único chapéu, um chapéu preto com abas largas, viradas, e acariciava a barriga protuberante, e não conseguia encontrar nada de bonito em si mesma, exceto esta barriga, porque o jeito de falar do médico, *bonita mulher*, sempre a fazia corar, uma maneira de falar que não ficava bem para o médico, apesar de sua gentileza e de seus cuidados, mas aquilo só ficava bem para ele, para o seu marido, cuja volta do *front* africano ela aguardava semana após semana,

e voltava para o seu quarto na ponta dos pés, pois ainda era hora da sesta, andando pelos ladrilhos de cerâmica do corredor, o quarto que ela dividia com outra alemã cujo noivo estava preso na Austrália e que, embora já tivesse quase trinta anos, ainda era chamada de mocinha da casa, e que trabalhava na cozinha e servia a comida, Ilse continuava deitada na cama depois de seu sono da tarde, lendo um livro,

enquanto ela, a mulher mais jovem, calçava sapatos pretos de amarrar e tirava do armário o casaco azul-escuro, medindo com o olhar sua cama arrumada e a mesa arrumada, achando-as suficientemente em ordem, e se despedia, *até a hora do jantar!*, fechava a porta e, passando pelo banheiro, ia em direção ao elevador e à escadaria no meio do prédio de cinco andares, um hospital e asilo mantido por irmãs evangélicas da Alemanha, com alguns quartos de hóspedes, um dos quais ela dividiria com Ilse até o parto, tinham lhe prometido um quarto só para ela e para a criança no quarto andar depois,

naquela casa sob os cuidados das diaconisas de Kaiserwerth ela tinha tudo de que precisava e pagava com pouco dinheiro um médico e obstetra, uma parteira, irmãs, comida em horários regulamentados, uma cama, uma cadeira, uma mesinha, uma gaveta para as cartas da África, a metade de um armário, um espelho minúsculo no banheiro, três portas adiante, uma prece todos os dias, antes do café da manhã, um terraço sobre o telhado numa cidade onde, apesar dos alarmes frequentes, não caíam bombas e onde o inverno era um assunto secundário, na maior parte das vezes ensolarado e quente,

e colocava a mão sobre a balaustrada, aqui ela estava rodeada e cuidada por dez mulheres trajando vestidos azul-escuros e toucas brancas com bordas de rendas e laços engomados sob o queixo, uma dirigia a cozinha, outra a lavanderia, outra a sala de passar roupa, outra cuidava dos doentes, outra da administração, e a mais esplêndida delas, a irmã Else, dirigia o lar das diaconisas, e todas elas se dedicavam aos doentes, às mães com suas crianças no departamento de obstetrícia, e aos hóspedes, aqui ela se sentia abrigada, e só podia sentir-se infinitamente agradecida por tudo isto,

agradecida, principalmente, porque aqui se falava alemão e porque ela não precisava se esforçar para falar uma língua estranha em terra estrangeira, algo que ela nem seria capaz de fazer, pois fora educada para ser professora de jardim de infância e para cuidar de uma casa, e sentia-se totalmente inepta para línguas, nem sequer aprendera três palavras de alguma que não a sua, em compensação tivera sempre as melhores notas em matemática e educação física, e na escola tanto quanto na Liga das Meninas Alemãs sua curiosidade se voltava para a biologia, para plantas e animais da sua terra natal, mas nunca para as línguas, nem mesmo para o alemão, para não falar das línguas estrangeiras, e por isso ela se alegrava, desde a manhã até o anoitecer, e agora, descendo cuidadosamente os degraus da escada, sentia-se agradecida por sua sorte

de estar numa ilha alemã no meio de Roma, onde até os italianos falavam alemão, às vezes um alemão engraçado como o do dr. Roberto, às vezes fragmentado, como o das mulheres na cozinha, mas todos pareciam se esforçar, porque evidentemente gostavam de trabalhar aqui com os protestantes, ou talvez eles mesmos fizessem parte dos grupos de protestantes italianos dispersos, ou dos corajosos Valdenses, ou gostassem da ordem alemã ou do sentido de ordem característico dos crentes alemães, e ela descia a escada, segurando-se no corrimão, até chegar ao saguão de entrada com as três cadeiras estreitas e uma mesa diante do consultório do médico, e um vaso no qual havia sempre flores frescas, hoje eram mimosas, três maços de delicadas mimosas amarelas de janeiro, e, depois de passar pela porta envidraçada, aberta,

e pela antessala, com o banco e a metade de um cômodo para a irmã encarregada das saudações, como se dizia na casa, na maioria das vezes era a irmã Helga que cuidava das chaves e do telefone, distribuía a correspondência, dirigia os pacientes para a internação e cuidava do livro de presença, e com quem todos os que deixassem a casa, afastando-se do abrigo das diaconisas sempre sorridentes e prestativas, tinham de se registrar,

e como já eram três da tarde, fim da hora da *siesta*, a irmã Helga aproximou-se para assumir seu posto e já sabia, já estava combinado, que a jovem deveria ir sozinha ao concerto na igreja da Via Sicilia, e que deveria ser acompanhada por duas irmãs no caminho escuro de volta para casa,

pois poderia ser que o concerto se estendesse um pouco além das seis e meia, quando não eram mais acesas as luzes de rua e as janelas eram cobertas por causa do *blackout*, que se destinava a despistar os bombardeiros, que ainda não tinham lançado nenhuma bomba sobre Roma, e os buracos e as pedras tortas do calçamento das calçadas eram difíceis de enxergar,

até a hora do jantar!, disse a irmã Helga, *até a hora do jantar!*, disse a jovem, e saiu pelo umbral do portão, parou por um momento no topo da escada e inspirou pela primeira vez o ar lá de fora, naquela tarde luminosa de janeiro,

o dr. Roberto tinha razão em elogiar o oxigênio romano, este ar lhe fazia bem, a luz do sol lhe fazia bem, o sol da tarde iluminava o lado certo, o seu lado da Via Alessandro Farnese, e deixava seu rosto absorver um pouco do seu calor precioso, de maneira que ela ergueu um pouco a cabeça, para que o chapéu não fizesse sombra em sua pele, e seguiu, sorridente, passando pelas agaves e pelos rododendros, desceu os seis degraus e virou à esquerda,

algo fora de questão há nove semanas, caminhar por uma rua romana com tanta naturalidade e quase sem medo, sozinha numa tarde de sábado,

há nove semanas ela tinha chegado a Roma para, enfim, estar com ele, Gert, por mais tempo, pela primeira vez desde o casamento, e quando, apenas um dia depois de sua chegada, ele teve de lhe dizer que tinha sido convocado para juntar-se outra vez aos soldados, numa súbita mobilização na África, imediatamente, e ela não conseguia compreender,

porque mal chegara e estava sozinha outra vez, com a gravidez avançada, num lugar estrangeiro e perigoso, um choque, com vinte e um anos de idade ela mesma era como uma criança que ainda não era capaz de andar sem ajuda, ainda não conseguia parar em pé, exposta a uma região totalmente desconhecida e a uma língua totalmente desconhecida,

ela olhou para os arcos bem formados das janelas e para as persianas verdes da casa que, anos antes, fora pintada de vermelho-ferrugem, olhou cinco andares acima a grade do terraço, procurou pela janela do seu quarto e observou, como se houvesse algum mérito nisto, com um orgulho modesto por sua recém-adquirida liberdade de andar pelo mundo, a palmeira diante da janela, da qual gostava tanto de falar em suas cartas, afinal, era uma construção imponente, ornamentada por plantas ao redor,

seu amado marido não poderia ter-lhe encontrado um refúgio melhor, ela não teria sido capaz de encontrar uma ilha alemã mais bonita do que aquela, a criança dentro dela se agitava com esses pensamentos, ela parou, sentiu os golpes das perninhas e dos bracinhos considerando-os como sinais de concordância, aos quais respondeu colocando a mão direita dentro do casaco e passando-a devagar pelo vestido e pela barriga,

e quando os socos e pontapés se acalmaram, pôs-se a caminho da outra ilha alemã, da igreja da Via Sicilia, onde o concerto deveria começar às dezesseis horas, era o caminho conhecido de uma ilha à outra, uma vez que o resto, a gigantesca cidade de Roma, ainda lhe parecia

um mar que ela tinha de atravessar oprimida pelo medo do desconhecido, das profundezas que se erguiam no subsolo dessa cidade, com suas construções nas quais se sobrepunham camadas duplas e triplas, dos muitos milhares de colunas, das torres, das cúpulas, das fachadas, das muralhas e das esquinas, todas idênticas umas às outras, dos infinitos lugares de peregrinação das pessoas cultas, pelas quais ela passava inculta, e dos rostos das pessoas nas ruas, difíceis de decifrar, nos tempos vacilantes de uma guerra distante que se aproximava mais a cada dia,

mas onde há medo, a fé ajuda, disso ela tinha certeza, pois a Bíblia também a ajudava a enfrentar aquele mar impenetrável e assustador chamado Roma, por exemplo a frase dos Salmos que fora citada numa prece matinal, *ainda que eu tomasse as asas da aurora e me colocasse no mar mais profundo, tua mão me conduziria e tua destra me ampararia,* e, assim que ela se lembrou dessa frase, sentiu se consolada, conduzida e amparada, e com as palavras estimulantes do dr. Roberto, *caminhe, minha jovem senhora, caminhe*, e com a certeza de estar exatamente no lugar mais certo e mais seguro entre a costa africana, onde seu marido estava servindo, e a costa do mar do Leste, onde viviam seus pais, ela logo chegou à primeira esquina,

atravessou o cruzamento, parou do lado ensolarado, olhou para as casas do bairro, todas pintadas de cores que entrementes tinham se tornado conhecidas, cores amigáveis entre o ocre-claro e os tons de vermelho-escuro, empalidecido e desbotado, moradas burguesas com três ou quatro andares, algumas com grossas setas negras que apontavam para o abrigo antibombas mais próximo, e depois da segunda travessa, margeada por jovens carvalhos, abria-se, alguns passos mais adiante, a

praça da qual ela nunca conseguia lembrar o nome, Cola di Rienzo, era o que estava escrito nas tabuletas de pedra das casas, algum príncipe ou político, ela se esqueceu imediatamente daquilo que Gert tinha lhe explicado dois meses antes, pois não conseguia guardar todos esses nomes estranhos em uma língua estranha, já era bem difícil ter de interpretar os gestos e os olhares dos passantes,

e difícil o bastante passar pela fila diante da padaria e fazer a cara certa pouco depois das três horas, o panifício abria às três e meia e, como todas as lojas, fechava às cinco e meia por causa do *blackout*, e como sempre, de manhã cedo ou no começo da tarde, já havia algumas mulheres na calçada, ela se desviou e seguiu adiante pelo asfalto da rua,

a farinha era escassa, o pão era escasso, custava três liras o quilo, às vezes só havia pão amarelo de milho, e *na última primavera*, Ilse dissera, *eles reduziram a ração de duzentos gramas por pessoa para cento e cinquenta gramas por dia, duas ou três fatias, e isso para os italianos, que estão habituados a comer pão fresco todos os dias*, bolos e bolachas já não podiam ser vendidos nas padarias havia mais de um ano,

outra vez ela pensou na sorte que tinha por ter tudo o que precisava, não ter de passar fome nem ter de ficar esperando na fila como as mulheres romanas ou suas empregadas domésticas, na sorte que tinha por poder ir para a igreja numa hora dessas, inclusive para um concerto, e só por um breve instante sentiu-se irritada pela pergunta,

por que não há pão suficiente na guerra, e por que há cada vez menos pão, se cada vez se conquista mais territórios e se o tempo todo são anunciadas novas vitórias, onde foi parar o pão se o trigo continua a crescer e o centeio também, se das janelas do trem se vê como todos os campos florescem e amadurecem, então onde foi parar o pão, mas não se podia perguntar uma coisa assim, era uma provação, era a vontade de Deus, ele dava o pão de cada dia e o repartia,

enquanto essas mulheres ficavam aqui na fila e pareciam aliviadas ao ver que ela não se colocava na fila com elas, uma grávida no oitavo mês teria direito a um lugar bem na frente e aumentaria ainda mais a distância entre elas e os poucos gramas de pão, os olhares meio hostis se tornavam quase amistosos quando percebiam que ela seguia adiante, até a esquina da Via Cola di Rienzo,

onde, antes de entrar à esquerda, ela olhou para a direita, onde o Vaticano e a Catedral de São Pedro se encontravam a apenas quinze minutos de distância, ela não queria ir para lá agora, aquele lugar não a atraía, ela tinha estado ali uma vez e tinha visto o papa no feriado da Imaculada Conceição, tinha ficado ali com Ilse, no meio da multidão, observando

como o padre, honrado como um santo, era carregado pela igreja, sentado num trono magnífico, saudado pela multidão com aplausos, como se fosse um campeão no filme das Olimpíadas ou como o Führer no jornal que se via no cinema, os cardeais iam de um lado para outro, e como não se podia ouvir os cânticos nem as preces por causa de tanto barulho, tudo lhe parecia tão pagão, tão ruidoso, tão voltado para as aparências, parecia mais um teatro do que um serviço religioso, e como ela não entendia nada e preferia evitar a multidão, sobretudo por causa de sua barriga,

elas saíram para a Praça São Pedro, onde ainda havia centenas de pessoas que esperavam para entrar, e Ilse soltara um suspiro, *Que sorte a nossa, que tivemos Martinho Lutero!*, ela mesma também tinha pensado em algo assim, mas não tinha ousado falar, na maior parte das vezes Ilse dizia o que pensava antes dela, e as duas estavam de acordo, que sorte elas tinham de ser protestantes e de poderem se abster de pompas como aquela,

e quando seu olhar alcançava a imponente cúpula da Catedral de São Pedro, que se erguia sobre os telhados da cidade, no terraço da casa das diaconisas ou em seus passeios pela cidade, ela sentia pena dos católicos, que, intimidados por aquele colosso de pedra, eram transformados em figurantes, em formigas, em meio a essa fortaleza de mármore, e eram subjugados a um papa supostamente infalível, dizia-se que havia quatrocentas igrejas em Roma, cada uma mais bela e opulenta do que a outra, mas só uma era a certa, a da Via Sicilia, e ali ela entrou

à esquerda, em direção à ponte do rio Tibre, passou pelas incompreensíveis letras SPQR e pelas compreensíveis letras GAS das tampas das galerias subterrâneas, e pelas setas negras que apontavam para o abrigo antibombas mais próximo, e pelo pequeno salão de um cabeleireiro, fechado na hora do almoço, e por uma lojinha de aves e ovos, e por avisos colados na parede de uma casa,

ela passava por ali quase todos os dias e às vezes, embora cada vez mais raramente, quando o comerciante tinha mercadorias frescas para oferecer, os frangos eviscerados, sangrados e depenados ficavam dependurados de cabeça para baixo na vitrine ao lado dos avisos de vitória impressos em papel-jornal ainda úmido de cola,

em toda parte havia carestia, faltava pão, faltava carne, faltava papel, e por isso era mais prático colar os jornais nas paredes para todos lerem, *Notizie di Roma*, com manchetes em letras garrafais que na maior parte das vezes consistiam nas palavras *Vittoria* e *Vincere*, anunciando vitórias ou ordens de vitória, em todo lugar onde havia propaganda saltavam à vista, em preto, as palavras *Vittoria* e *Vincere*,

ela estava contente por não saber ler tudo aquilo, e por não ter de ler tudo aquilo, na Alemanha ela também não lia jornais, era melhor não saber demais, não falar demais, não perguntar demais, as notícias ruins chegavam cedo de qualquer maneira, boas notícias só nas cartas, especialmente agora que as coisas não estavam nada bem para os alemães nem para os italianos na Rússia, as notícias de vitória eram ouvidas e lidas com frequência cada vez maior, isso era necessário, isso também lhe parecia necessário, justamente agora era preciso acreditar na vitória, e ela também desejava, ela também rezava pela vitória, não só por *dever nacional*, mas também, em segredo, pelo motivo proibido e egoísta de que desejava que ele, seu marido, voltasse logo, são e salvo, ele, que lhe prometera os *prazeres romanos,*

rumo ao pequeno parque antes da ponte, onde velhos, sentados nos bancos, deixavam o sol de janeiro aquecer um pouco o rosto depois do almoço, ela sentia os olhares que se voltavam para a sua barriga, para o nariz e para a boca, para a sua aparência, ela se sentia protegida pela barriga e pelo casaco, e ainda assim não se sentia bem, os olhares eram como gravetos pontiagudos, e ela começou a andar um pouco mais depressa, sempre em frente, em direção à ponte e aos obeliscos da Piazza del Popolo, que se via por detrás dos galhos, diante do morro do Pincio,

é uma sorte não ser loira, ela pensou, pois senão eles iriam assoviar e fazer as suas observações, talvez eles percebam que você é estrangeira, *os alemães andam de uma maneira diferente, os alemães têm uma postura mais rígida, os italianos, quando andam, movimentam mais os quadris, ainda que na verdade andem mais devagar e com mais preguiça, os alemães se vestem com mais displicência quando em trajes civis, e com maior correção quando põem seus uniformes, um alemão se reconhece antes mesmo de abrir a boca,* dissera Frau Bruhns, que vivia em Roma havia muitos anos, outro dia, no passeio que tinham feito juntas para Ostia Antica,

talvez você chame a atenção desses homens porque eles reconhecem uma alemã, uma ariana, e porque eles não gostam de nós, não gostam dos seus aliados, apesar de todos os juramentos prestados pelos dois líderes, qualquer alemão em Roma nos dirá isso, ou eles percebem que você ainda está um pouco assustada quando ousa sair sozinha pela cidade, sem acompanhante, sem o idioma, sem conhecer o mar da cidade estranha e das pessoas estranhas, e talvez eles estejam se rindo um pouco de você,

ah, não importa o que as pessoas pensem, você precisa seguir seu caminho, até o Lungotevere depois do rio, e saber qual é o seu lugar, você não daria a mínima atenção a nenhum desses pensamentos se estivesse de braço dado com o seu marido e protetor,

olhando para a esquerda e para a direita, prestando atenção aos carros que correm perigosamente pelos cruzamentos do Lungotevere, como fazem em toda parte, só carros oficiais e carros militares ainda circulavam pela cidade e não queriam ser detidos por pedestres, ela deixou passar um ônibus lerdo e três bicicletas, que lutavam para avançar pelo asfalto esburacado,

antes de alcançar a ponte que tinha o seu nome, conforme Gert lhe contara, a Ponte Margherita, nome de rainha, ela nunca se esqueceu, a gente não se esquece de rainhas, principalmente quando elas têm um nome igual ao nosso, e quando nosso próprio marido, com suas analogias apaixonadas, nos compara a uma rainha, e isto andando acima do famoso rio Tibre,

o rio preguiçoso, verde-acizentado, verde-amarelado, com uma fila de hangares para barcos e de trapiches para nadadores, fechados e mortos nesses dias de inverno, as muralhas claras e altas que se erguiam às margens da água refletiam-se na superfície quase imóvel do rio, assim como os galhos das árvores, com umas poucas folhas marrons cor de sujeira, e junto a elas gatos brancos encardidos que se camuflavam, e gatos cinzentos e malhados descansavam, deitados ou sentados nos bancos ao longo das margens do rio,

ela reduziu o passo, olhou, rio acima, por sobre a balaustrada de pedras exageradamente larga, ornamentada com colunas volumosas à altura das pernas, e achou bonito o que viu, algumas vezes ela tinha atravessado o rio Elba, o rio Weser, o rio Spree, mas um rio como esse, tão majestoso que dividia a cidade em duas ao mesmo tempo em que mantinha as metades juntas emoldurado por muralhas tão esplêndidas, ela nunca tinha visto,

ela olhou rio abaixo, até a próxima curva e a próxima ponte, atrás da qual logo surgiria a Ponte dos Anjos, e achou a vista ainda mais bonita, porque ali começavam a aparecer aqueles esplêndidos palácios residenciais, ornamentados com torres, terraços e largos balcões, pintados de vermelho-amarelado, ocre ou vermelho, atrás das árvores nuas do Lungotevere,

e em meio à travessia do Tibre ela foi outra vez tomada por um espanto tímido, por poder viver justamente aqui, nesta cidade aberta para o mundo, nesta *cidade de todas as cidades*, como costumava dizer Frau Bruhns, justamente ela, que nem mesmo aprendera o latim, e que mal e mal conhecia os nomes de Rômulo e Remo, de César e Augusto, e também não entendia nada de arte, e muito menos de papas, justamente ela,

a mocinha interiorana de Mecklenburg, que não tinha escolaridade superior como sua irmã mais velha, ela, uma filha da costa do mar do Leste, que conhecia as localidades de Rostock e Doberan e Eisenach, mas que, mesmo em Berlim, se sentia intimidada e deslocada, justamente ela, que mal completara vinte e um anos, justamente ela, no Mediterrâneo e na mais esplêndida e importante das cidades da Europa, *no umbigo do mundo*, como dizia Gert quando lhe mostrara o umbigo do mundo no Foro romano,

justamente ela atravessava quase todos os dias, havia dois meses, a Ponte Margherita sobre o rio Tibre, como se isso fosse a coisa mais normal do mundo, mas não havia nisso nada de normal, ainda mais nos dias que correm, em que cada dia é uma dádiva, cada carta é uma dádiva, cada movimento da criança na barriga é uma dádiva, cada provérbio bíblico e cada olhar sobre o Tibre, e assim ela voltou a dizer a si mesma,

que sorte tinha em comparação a outros, em comparação a ele, o homem amado, cuja presença era exigida no Norte da África, em Túnis, no deserto, perto dos inimigos, não em Roma, onde ele também seria necessário, onde era esperado ansiosamente, não só por ela, e em comparação a seus dois irmãos mais jovens, que agora também andavam de uniforme, ou a seu pai no serviço da Marinha em Kiel, ou em comparação à mãe e às três irmãs nas noites cada vez mais frequentes e terríveis, nas quais soavam as sirenes, com feridos, mortos, escombros, incêndios,

nenhuma bomba cairia em Roma, isso era tido como certo, como evidente, a Cidade Eterna, o centro da Cristandade, não será transformada pelos ingleses em ruínas e em cinzas, nem pelos americanos, e os esplêndidos palácios da virada do século, pintados de vermelho-opaco, diante dos quais ela passava a caminho da Piazza del Popolo, com suas janelas enfeitadas com arcos, seus balcões imponentes e elegantes ornamentos de pedra, não haverão de desabar tão depressa, se é que quem sabe das coisas a respeito da guerra está certo e é digno de confiança,

ela nada tinha a dizer a este respeito, ela não queria participar desta conversa, ela se sustentava em sua fé, na crença de que estava nas mãos bondosas de Deus, e de que os seus entes queridos também estavam nas mãos de Deus, esta era a única coisa que permanecia certa e garantida,

seu olhar percorria a parede de tijolos diante da *piazza* e o lado de trás de um monumento em honra a alguma divindade marítima que se elevava bem acima do muro, uma imponente figura masculina ladeada por duas figuras que eram meio homens meio peixes, vistos de trás esses homens seminus também pareciam engraçados, o do meio portava uma espécie de garfo gigantesco, e quando ela viera andando até aqui com Gert, perguntara por que ele segurava um garfo na mão, e Gert tinha respondido, sorrindo,

isto é um tridente, este é Netuno, o deus dos mares, que é representado pelo tridente, mas você tem razão, vamos chamar isto de garfo, com este garfo ele espeta os peixes que come no café da manhã e os enfia na boca, mas talvez um deus dos mares não coma peixes, isto seria como no reino das Mil e uma noites, *talvez ele nem possa comer peixe, eu não prestei atenção nessa aula na escola, mas acho que os deuses só comiam néctar e ambrosia e bebiam vinho, eu teria de ler de novo para saber se Netuno comia peixes ou não,*

isso ela também admirava, quando ele não sabia alguma coisa, logo tinha uma ideia de onde procurar a resposta,

alguns metros mais adiante, dos dois lados do grupo, viam-se, sobre o muro, peixes virados de ponta-cabeça, dois à direita e dois à esquerda, cabeças gordas, sorridentes, satisfeitas, ornadas com nadadeira, sobre a base, com corpo e cauda voltados para o alto, envoltos um no outro, como tranças, os corpos se tocando enquanto as caudas brincavam, uma com a outra, sem se tocar, lá em cima, e acenavam, acima dos corpos e acima das cabeças, com leveza acrobática, e tudo isso era esculpido em pedra, com grande elegância, *peixes apaixonados*, dissera Gert, *é assim que os peixes fazem quando estão apaixonados,*

e aqui, ante as costas destas esculturas e desses peixes, a Via Ferdinando di Savoia dividia-se em duas, os passantes eram obrigados a escolher se iriam para a esquerda ou para a direita, ladeando o muro a meia altura, passando pelo casal de peixes apaixonados da esquerda ou da direita, seguindo em direção à Piazza del Popolo, passando pelo lado do portão, ou pelo lado da cidade, carros e ciclistas eram dirigidos à direita da vasta e imponente praça, para a rua estreita de mão única em suave declive,

por onde também costumava seguir a pedestre quando ia em busca da correspondência de seu marido do *front* ou para lhe enviar cartas, no escritório de Direção do Front do exército, ao qual se chegava com maior facilidade pela Via del Babuino,

mas agora ela escolheu o lado esquerdo, como sempre fazia quando estava a caminho do Pincio e da igreja, descendo pelo asfalto cinza-escuro e reluzente em direção ao lado do portão da praça,

e não importa de onde ela viesse, cada olhar, cada passo era atraído pelo obelisco de altura gigantesca no centro da praça, como se fosse um ímã, cercado por quatro fontes, pelo qual passava, de quando em quando, algum automóvel, guardando uma distância respeitosa,

era difícil resistir a esse ímã e não se aproximar dele até chegar perto dos cantos das fontes, ladeados por muitos degraus, sobre os quais leoas de pedra vomitavam água pela boca, provavelmente há séculos, em tempos de guerra tanto quanto em tempos de paz, num fluxo intenso, sempre inalterado,

ela parou, não queria chegar mais perto nem fazer nenhum desvio, passava por ali quase todos os dias, e ainda assim sempre parava para olhar a altura do belvedere, apoiado em colunas, palmeiras e pinheiros do Pincio, então deixava o olhar cair, vagarosamente, sobre a praça oval e luminosa, circundá-la

e se dirigir à sombra das três grandes ruas que levavam ao denso e sombrio centro da cidade, e mais adiante até o café da esquina, e até o grupo dos deuses marinhos que posavam acima de um laguinho em forma de meia-lua, com o garfo e os peixes apaixonados, sob os quais havia três automóveis estacionados,

e então seus olhos sempre voltavam a galgar o obelisco até a sua ponta, até a cruz lá no alto, e lhe agradava e a acalmava ver que o símbolo cristão triunfava sobre o símbolo pagão, e que no *Baedecker* estava escrito que aquela pedra egípcia tinha três mil anos,

como é que se poderia imaginar uma coisa dessas, mais velha do que Cristo, talvez até mais velha do que Moisés, e agora circundada por alguns automóveis minúsculos e por ciclistas trajando camisas negras, essa infinitude incompreensível lhe causava vertigens quando pensava em todas as coisas que nunca iria aprender nem compreender,

já o italiano que se falava à sua volta lhe era tão estranho quanto os hieróglifos sobre o obelisco e a inscrição latina sobre a sua base, que Gert traduzira para ela, era tão incompreensível quanto os sinais egípcios, exceto pela palavra CAESAR, Roma inteira era cheia de hieróglifos e de enigmas que a deixavam transtornada

como o debulhar dos cereais sob o obelisco, bem no meio da *piazza*, a respeito do qual Ilse lhe contara que todos os anos, no verão, Mussolini mandava trazer para a Piazza del Popolo caminhões lotados de cereais e atirá-los numa máquina debulhadora para que as bolas de palha e os sacos de cereais demonstrassem e reforçassem a ligação entre o campo e a cidade, que desperdício, e por isso ela estava aliviada por ao menos compreender a igreja daquela praça e poder se apoiar na cruz e nas igrejas, ainda que fossem católicas,

e mais uma vez, antes de seguir seu caminho, ela olhou para a Via del Babuino, à esquerda das duas igrejas gêmeas, pela qual ela já tinha passado quatro vezes nessa semana, na segunda, na terça, na quinta e na sexta-feira, a rua que levava às cartas e aos pacotes, a rua dos esperados sinais de vida,

a rua da sorte, da qual na véspera ela voltara da Direção do Front trazendo duas cartas de Gert, cheia de gratidão depois do primeiro olhar sobre as linhas e depois de uma rápida prece silenciosa: *Ele está vivo! Eu te agradeço, Senhor misericordioso!*, e por isso ela conhecia a Via del Babuino melhor do que as outras duas que chegavam, em ângulos diferentes, ao obelisco, passando ao lado das igrejas com suas cúpulas, a Babuino era a rua da gratidão e da sorte,

nas primeiras semanas ela percorrera muitas vezes parte do trecho que levava à Via Quattro Fontane de ônibus, até que um dia um homem totalmente desconhecido, um homem de seus cinquenta anos, trajando um terno bem cortado, beliscara o seu traseiro com uma ousadia inimaginável, nunca vista, o traseiro de uma mulher evidentemente grávida,

de maneira que ela demorou muito para reagir e gritar, o que não conseguiu fazer direito, pois no mesmo instante em que começava a gritar, já começava a se envergonhar por seu corpo ter sido maculado, e imediatamente compreendeu que, como estrangeira, como alemã, de quem todos desconfiavam, e sem saber a língua, não seria capaz de explicar seu grito, e muito menos de explicar o que aquele sujeito grosseiro tinha feito, e em vez de gritar alto ela se afastou e foi até a porta do ônibus, aos empurrões, para descer na parada seguinte,

isso num momento de aflição na Via del Corso, que ela evitava desde então, a rua principal, com as lojas elegantes praticamente esvaziadas pela guerra e uma tabuleta em memória a Goethe, que aqui era chamado de Volfango, no momento mais aflitivo dessas semanas romanas, sobre o qual nunca confessara nada a nenhuma das diaconisas, nem mesmo a Ilse,

só a Gert, que, da África, tentara acalmá-la, *que safadeza*, ele escrevera, *ainda mais com alguém no seu estado*, infelizmente havia homens doentes como aquele, e infelizmente isso acontecia com mais frequência nos países católicos, ele escrevera, mas ela fizera bem em desembarcar imediatamente,

e desde então, também em consideração à criança, ela se mantinha tão afastada quanto possível das multidões, e procurava, no mar perigoso daquela cidade hospitaleira e rude, daquela cidade bela e assustadora, suas pequenas ilhas de confiança, como as cruzes sobre o obelisco ou sobre a Igreja de Santa Maria del Popolo, cujas fachadas laterais ela acompanhava quando se dirigia às escadarias do Pincio, a única dentre as igrejas sobrecarregadas e opulentas onde ela não se sentia estranha,

porque Martinho Lutero uma vez vivera no convento ali e lera a missa diante do altar, e pregara, quando fora um jovem monge em Roma, conforme Gert lhe ensinou, assustado e repelido pelo desperdício e pela opulência, pela falta de fé e pela indolência tanto dos altos dignitários da Igreja quanto do baixo clero, *aqui portanto, é possível dizer*, dissera Gert naquela vez, que *nessa esquina de Roma foi plantada a semen-*

te da Reforma, e então ele lhe mostrara um quadro, a conversão de Paulo, com um Paulo que fora atirado ao solo pelo ímpeto da conversão, jazendo sob seu cavalo, ofuscado, e dissera que aquilo era quase um quadro protestante, concebido de maneira tão radical a partir da fé, mas ela logo se esqueceu do nome do pintor,

e a cada vez que passava na frente dessa igreja, a caminho de sua igreja, e a cada vez que sentia um calor suave que vinha de sentir a presença próxima de Lutero e de Paulo convertido e do sol suave da tarde, aquilo lhe fazia bem, e passou pelas esfinges sobre os muros da praça, em direção às escadarias do Pincio, mas teve de se desviar de uma ciclista de saia azul, com um rosto alegre, que chamava a atenção por sua despreocupação, que descia a rua asfaltada em alta velocidade, e olhou em direção ao esforço de ter de galgar setenta ou oitenta degraus planos que descreviam uma curva suave para a esquerda enquanto subiam até a metade do morro,

com as frases engraçadas do dr. Roberto na cabeça, *sim, escadas também fazem bem, ande, ande, se andar diverte, até a nascimento andar tanto quanto quiser, jovem senhora, saudável senhora, tudo nenhum problema, só não forçar, andar é melhor do que com o ônibus pular nas buracos da rua*, e melhor do que andar de bicicleta, isso também a alegria, poder, depois da gravidez, saltar na bicicleta e correr com vontade morro abaixo, alegre como essa moça, e tomou fôlego, antes de começar a alçar o corpo pesado, passo a passo, galgando o lado direito da escadaria, cujos degraus de pedras claras estavam desgastados pelos passos, algo que ela só conhecia de velhas escadarias de madeira, e parou na metade do caminho, olhando outra vez para trás, fazendo um breve intervalo, e sussurrou para o bebê,

que parecia gostar de ser carregado para cima, e de ser balançado: logo você também vai ver isto, o belo oval desta praça ampla e iluminada, e o deus do mar com o seu garfo, e tudo isto aqui, e seguiu galgando a escada cuidadosamente, porque a pedra era lustrosa e escorregadia, e era preciso andar especialmente devagar e com cuidado, não só quando estava molhado, agora também era preciso tomar cuidado e dar cada passo com atenção,

dois soldados alemães uniformizados vinham em sua direção, um deles escorregou com a sola lisa das botas e quase caiu sobre os degraus, segurou-se e gritou: *merda!*, o que a assustou, pois não se falava uma coisa assim, não como soldado e exemplo de conduta, nem em público, muito menos perto da igreja de Lutero, um alemão na terra dos aliados tinha de se comportar, e ela se esforçou para não ser reconhecida como alemã por eles e pelos outros passantes, não queria ter nada a ver com homens que dizem merda, e enfrentou os últimos degraus, respirou fundo algumas vezes, aliviada por ter atrás de si o trecho mais difícil da caminhada de hoje, e pensou por alguns instantes se deveria tomar a estreita rua do Pincio ou o caminho íngreme que ziguezagueava para o alto, onde um gato preto saiu correndo de trás de um arbusto, seguido por um felino maior, que parecia sarnento, e decidiu então tomar o caminho à esquerda, passando pela porta fechada do convento onde uma vez Lutero se abrigara, que evidentemente não era mais usada, em direção à cuba de pedra colocada sobre uma base,

Gert e ela tinham chamado aquilo de banheira quase ao mesmo tempo, em seu primeiro e único passeio a pé por Roma, nove semanas antes, e bem se podia imaginar o que os romanos, com seus hábitos libertinos, tinham ousado fazer ali em algum momento ao longo desses dois mil e quinhentos anos, tomar banho a céu aberto, afinal havia outras banheiras como aquela, as duas grandes fontes-banheiras da praça em frente ao Palazzo Farnese, por exemplo, do qual ela gostava em especial, porque conseguia guardar excepcionalmente aquele nome, que era também o nome da rua em que morava,

e atrás da banheira de pedra, que ficava numa plataforma entronada no alto da antiga muralha da cidade de Roma, despontava a vista dos portões cobertos por um telhado da Villa Borghese, e as águias de pedra e os grifos, que vigiavam os cantos do telhado, águias e grifos estavam representados em todas as partes do parque, evidentemente tratava-se de animais de brasão,

e uma vez que ela começou a prestar atenção, descobriu uma águia atrás da outra em Roma, em fachadas, monumentos, bases, fontes, pontes, e começou a admirar-se porque sempre tinha considerado que a águia fosse um animal de brasão germânico, uma particularidade alemã, e no início não estava nem um pouco de acordo com todas aquelas águias que apareciam em meio aos italianos,

alguma coisa a fascinava desde o começo naquelas águias, elas lhe pareciam conhecidas e ainda assim diferentes, demorou um tempo até que ela conseguisse resolver o enigma e compreender a diferença, pois as águias alemãs eram mais rigorosas, eretas até a última pena, e estendiam as asas de maneira militar ou fincavam as garras na cruz gamada,

enquanto as águias italianas tendiam a ser representadas como águias verdadeiras, quase como animais domésticos, com uma penugem mais macia e de formato mais natural, também rígidas, mas pareciam mais estar esperando e observando, pareciam rígidas de uma maneira mais paternal e protetora do que militar e correta, e ela foi obrigada a confessar que preferia as águias italianas às alemãs, justamente essas quatro, flanqueadas por grifos que mostravam os dentes rindo com escárnio, e que, na altura do seu olhar, olhavam em todas as direções do céu, em seu posto de vigia nos cantos do telhado dos portões de entrada da Villa Borghese,

ela sempre quisera perguntar a Gert por que havia tantas águias a serem descobertas em Roma, certamente tinha alguma coisa a ver com os antigos romanos, com César, Augusto, Rômulo, tudo estava ligado de alguma maneira aos antigos romanos, ele certamente teria sido capaz de lhe explicar aquilo de improviso, parecia-lhe que ele tinha respostas para todas as suas perguntas,

mas todos os dias havia tanta coisa para escrever, tanta coisa que ela queria lhe contar, ou escrever para aliviar as preocupações dele, para consolá-lo com uma escrita confiável, com esperança e com fé em Deus, na letra cursiva que ela aprendera na escola, desenvolvida pelo pedagogo Ludwig Sütterlin, e o amor que ela colocava em cada uma das frases, pois cada uma daquelas cartas poderia ser a última, e lhe parecia totalmente ridículo, além de inconveniente, se a pergunta a respeito da origem das águias se insinuasse nas cartas que ela enviava à África,

e pensando na carta que ela haveria de lhe escrever naquela noite, continuou a subir, com passos vagarosos, pelo longo caminho acima da curva da rua, marcado por degraus planos e margeado por loureiros e por árvores tortas, cheias de galhos, em direção ao alto, passando por um leão sorridente, em tamanho natural, feito de uma pedra branca que se parecia com mármore, uma pedra que se via em toda parte, e de cujo nome ela se esquecera, e como sempre,

quando ela se sentia entristecida ao pensar no amado que fora enviado ao *front*, ela se consolava com uma frase que era também a frase dele, *melhor do que a infantaria da Rússia*, e olhava em linha reta para o alto, com os últimos degraus bem à sua frente, ao longo de um muro,

os degraus planos, com a largura de um passo, a África é melhor do que a Rússia, o deserto é melhor do que a neve, um passo e um degrau, o escritório é melhor do que a infantaria, mais um degrau, cabo é melhor do que suboficial, mais um passo e mais um degrau, ele estava vivo, havia muitos mortos e desaparecidos, e mais um passo, e ele podia se alegrar com ela pela criança, e mais um, e ele estava perto, logo do outro lado do mar, longe e perto ao mesmo tempo, muito perto,

quando ela pensava no noivo de Ilse, que estava preso pelos ingleses na Austrália, como tinha sorte em comparação com Ilse, que estava a caminho de seu noivo e esperava em Roma pelos últimos documentos para poder fazer a viagem de navio até a Austrália quando foi tomada de surpresa pelo início da guerra, e desde então, já havia mais de três anos, trabalhava como empregada doméstica para as diaconisas, sem se queixar, e ansiava pelo fim da guerra,

e assim, agradecida por sua sorte não merecida, ela alcançou, um pouco ofegante, a esplêndida elevação do Pincio, o lugar da sua mais profunda dor, pois fora aqui em cima que, no dia seguinte à sua chegada a Roma, finalmente permitida pelas autoridades, no dia 11 de novembro, depois de um longo passeio que durou o dia inteiro, o primeiro e único passeio juntos pela cidade dos milagres, Gert,

gaguejando e lutando contra as lágrimas, em meio a muitas juras de amor, lhe dissera o que, um dia antes, no dia de sua chegada da Alemanha, uma carta do exército lhe dissera:

Ordem de mobilização! África! Depois de amanhã à noite!

aqui em cima, no amplo belvedere, nesta praça que recebera o nome do selvagem guerreiro Napoleão, onde segundo o *Baedecker* havia a mais linda vista do mundo todo sobre telhados, morros e céu, o trovão e o raio daquela ordem a atingiram,

um choque que paralisara seus membros, que apagara os prazeres prometidos, ela soluçou nos braços do seu homem, ontem juntos, depois de amanhã separados, três dias, não era possível entender uma coisa dessas, apesar dos beijos dele ela não tinha conseguido parar de chorar, todos os lindos planos estraçalhados de um só golpe, uma decepção incompreensível e avassaladora,

enquanto ao fundo as crianças buzinavam e soavam campainhas num carrossel, e a voz rouca, raivosa e risonha do teatro de bonecos fazia um comentário incompreensível, que lhe parecera de escárnio, assim como agora novamente soavam as campainhas do carrossel e o teatro de bonecos grasnava, enquanto ela se lembrava daquela hora terrível,

pois ela tinha partido de Mecklenburg opondo-se à resistência de seus pais, com um visto conquistado a duras penas, para a inimaginavelmente distante Itália, para aquele país amigo que provocava estranhamento, para a Roma perigosa, intranquila, católica, para juntar-se ao pai de seu filho, depois que ele fora desmobilizado pelo exército, por causa de um ferimento e por causa de uma inflamação que não queria sarar nos tecidos da perna, tendo sido designado para um trabalho leve em Roma, e para sua verdadeira tarefa, que era a de fortalecer nos homens a confiança em Deus,

e ambos tinham imaginado que finalmente poderiam ficar juntos pela primeira vez desde o casamento, ainda não no mesmo apartamento, mas com um quartinho para eles sob o telhado na Via Alessandro Farnese, com uma sala de obstetrícia três andares abaixo, e com um quarto para ele na Via Toscana, ao lado da igreja, finalmente juntos, separados apenas por uma boa meia hora de caminhada, os últimos três meses da gravidez e depois, ainda juntos na cidade livre de bombas, preparados para os *prazeres romanos*, como Gert gostava de dizer,

tudo imaginado em vão, tudo o que ela fizera contra seus pais fora em vão, em vão tinha preenchido e carimbado os papéis para obter o visto e os requerimentos para obter as divisas, em vão tinha feito planos por meses a fio e viajado por vinte e quatro horas, ela tinha pensado a princípio,

mas nenhum sofrimento é à toa, ela teve de aprender isso novamente, e usara essa frase como consolo muitas vezes nas últimas semanas, apesar dos pedidos enfáticos de sua mãe, ela não tinha retornado ao Reich porque em Roma estava mais perto dele, aqui era bem mais possível que voltasse a vê-lo do que na Alemanha, do que na pequena cidade de Doberan, em Mecklenburg, em Roma era mais fácil suportar a provação pela qual ambos tinham de passar, ela voltou a pensar,

enquanto olhava para a Piazza del Popolo e para o deus marinho com o garfo, que agora se tornara minúsculo, e para a longa sombra do obelisco, e para a

paisagem infinita de telhados e cúpulas cujos nomes
ela desconhecia, exceto pela cúpula dominante da
Catedral de São Pedro, junto à balaustrada do belvedere, ao lado de um grupo de crianças italianas de
cabelos raspados, meninos de sete ou oito anos de
idade, trajando calças curtas,

ela poderia apreciar melhor todas essas igrejas e
palácios com nomes desconhecidos se o exército
tivesse mantido sua promessa e se o tivesse preservado em vez de lhe dar a ordem de mobilização, se
o marido tivesse ficado a seu lado, o marido que
sempre voltara a consolá-la desde aquele primeiro
choque ao sol do entardecer, sobre o Pincio, afirmando que não se tratava de um acaso cego e cruel
em ação, e que *Deus, que é o amor, nos envia tudo
isto para que estas coisas nos sirvam da melhor maneira possível*,

pois não havia nada de cristão em chorar pela
própria infelicidade e em esquecer a infelicidade
muito maior dos outros, as alegrias da vida eram
infinitas, todos os dias ela poderia se alegrar com
a criança, e hoje ela poderia se alegrar com o concerto na igreja e com as cantatas, ela tinha ouvido
Gert dizer,

*a vida é como uma cantata de Bach, primeiro ouvimos que podemos ser ajudados, depois podemos nos
queixar, depois ouvimos a resposta da Bíblia, depois*

podemos duvidar, olhar para dentro de nós e rezar, depois ouvimos Jesus falar, e ao final nos encontramos no coro redentor, em meio às trombetas triunfantes,

e durante a guerra a vida era uma provação muito especial, a mais severa das provações de Deus, e apesar de todas as lágrimas, nossos planos não contavam, nem nossas vãs esperanças de *prazeres romanos*, nem todas as obras da humanidade, *pois os meus pensamentos não são os vossos, disse o Senhor,*

ela dizia, sem falar, olhando para a cruz no alto do obelisco, para as imagens de esfinges nos muros que rodeavam a praça, e, atrás delas, as ruas movimentadas, a ponte com o nome Margherita, ela via quase todo o caminho que tinha percorrido, e prestava atenção às palavras da professora,

que explicava a cidade para aquelas crianças não muito disciplinadas, apesar de seus uniformes, das quais primeiro só uma, com o nariz escorrendo e com feridas de frio nas pernas, e depois três de seus colegas imitavam o Duce e faziam a saudação de Hitler, a saudação romana, do alto do belvedere do Pincio, olhando em direção à praça, lá embaixo, saudando uma multidão imaginária,

algo que a professora lhes proibiu apressadamente de fazer antes de continuar com sua lição, enquanto a jovem não entendia uma palavra sequer, exceto *via*, *piazza*, *obelisco*, e nem mesmo conseguia escutar o nome das ruas e dos morros em meio à melodia apressada daquela língua,

ainda assim ela não se sentia estrangeira, pelo menos não ali, no Pincio, onde o céu estava bem perto, nem mesmo na Catedral de São Pedro ou no Panteão se podia estar tão perto do céu, não ali, diante daquela vista à qual ela entretanto já se acostumara, sobre a cidade iluminada pelo sol suave de janeiro, rumo ao sul chegando até o Palácio Real, situado sobre uma elevação, e até os gigantescos portões de mármore branco faiscante do chamado Altar da Pátria,

constrangida apenas pelos olhares tímidos ou desavergonhados dos meninos para sua barriga protuberante, alguns davam risadinhas como se nunca tivessem visto suas mães, tias ou vizinhas em estado de gravidez avançada, mas talvez o que chocasse e chamasse a a atenção era o fato de ela ser outra vez reconhecida como estrangeira, uma estrangeira grávida era algo que não funcionava nem mesmo na cabeça dos adultos,

ela desviou-se dos olhares intrometidos e das risadinhas das crianças, atravessou o caminho de pedregulhos em direção à barraca e ao teatro de marionetes, ouviu as diferentes vozes que fazia o manipulador de marionetes, agora mais altas, olhava de longe para os bonecos, batendo uns nos outros, caindo, voltando a se levantar, e dirigiu-se, decidida, para o destino de sua caminhada, voltou-se para o caminho que seguia debaixo das árvores e pensou em seu marido e em por que, naquele dia, ele lhe falara da ordem terrível que recebera, exatamente ali no Pincio, no fim da tarde, e se sentia agradecida a ele por sua inteligência,

por não ter lhe confessado imediatamente a ordem que recebera, à noite na estação ou na manhã seguinte à da chegada dela, a ordem diante da qual ele não tinha nada a fazer, mas em vez disso primeiro tinha lhe mostrado as colunas, fachadas, ruas, ruínas e vistas da cidade, todas aquelas coisas lindas e novas, na medida em que era possível fazê-lo em um só dia, por ele ter plantado e ancorado aquelas imagens em sua memória, sem se deixar perturbar pela sombra de uma horrível decepção, e só no fim daquela tarde ensolarada a tinha levado ao Pincio, para que ela conhecesse esta que era a mais bela de todas as vistas,

antes de pronunciar, como uma confissão, em meio a beijos de consolo, a terrível verdade a respeito da *mobilização súbita*, como quem confessa um crime, e depois tinha apontado para o Palácio Real e para os fragmentos de mármore do Altar da Pátria, dizendo,

ali está o sul, ali está o sudeste, e daqui de cima você tem a melhor de todas as vistas para a África, atrás dos morros que você vê daqui, atrás do vale do Tibre, ali à esquerda está a costa, e atrás da costa está o mar, e do outro lado do mar, no sul, é ali que eu vou estar e ver você aqui, no Pincio, e você vai me ver do outro lado, na África, e todos os dias, no fim da tarde, vamos acenar um para o outro e mandar beijos de costa a costa,

ele repetiu as palavras beijos de costa a costa, até que os dois começaram a rir, uma risada breve em meio aos soluços, e tinha contado também que na Itália era considerado imoral beijar-se em público, os namorados e os noivos quase ficavam sujeitos a penalidades por se abraçarem ou se beijarem em parques, e os casais não faziam isso por vontade própria, pois os fascistas queriam ser pessoas extremamente decentes e não toleravam indecências como beijos e risos,

e ela sentia falta de beijos como aqueles, de momentos de riso, e em troca deles estaria disposta até mesmo a sofrer de novo aquelas dores e a derramar as lágrimas daquela tarde de novembro, e ela tinha certeza de que nunca tinha voltado a rir desde então,

ela se voltou mais uma vez em direção àquele lugar onde tudo isso tinha acontecido, havia outros casais olhando para a praça, lá embaixo, mantendo distância uns dos outros, hesitantes, as crianças da escola se amontoavam diante do teatro de marionetes, e com certeza já tinham se esquecido da estrangeira grávida, enquanto ela se perguntava se a criança, se fosse menino, também haveria de dar risadinhas tão desavergonhadas diante de uma mulher grávida, como estes escolares, a criança não se mexia, não lhe dava nenhuma resposta com os braços ou com as pernas, só a confiança de que tudo haveria de dar certo se fosse educada corretamente, *as coisas que não são sérias também são importantes*, escrevera Gert, e enquanto ela decidia se tornar uma mãe tão boa quanto sua própria mãe,

seguia adiante pelo caminho as árvores que lhe eram desconhecidas, o que sempre voltava a incomodá-la, pois na Alemanha ela era capaz de classificar cada árvore, muitas vezes de longe, até mesmo o teixo e o freixo e o pinheiro silvestre, ela tinha sido a melhor em seu grupo do BDM, também na classificação de flores, mas aqui na Itália ainda não conseguira ir além de palmeiras, ciprestes, carvalhos e pinheiros,

o caminho que passava por entre os bustos de pedra de italianos famosos, postados em bases elevadas, neste lugar o parque inteiro era povoado por cabeças claras de pedras como essas, também os caminhos laterais e secundários, uma multidão de homens cujo nome não lhe dizia nada, Ratazzi ou Rossi ou Secchi, alguns rostos desgastados pelas intempéries, outros com seus perfis ainda nítidos, setenta, oitenta ou mais de cem cabeças, e ela não conseguia se livrar do pensamento de que tantos homens morrem todos os dias no *front*, cada cabeça uma sentença, cada vida uma dádiva, cada vida o fulcro de outras vidas, embora ela soubesse que todos os dias eram milhares a mais do que esses homens, mas com todas essas cabeças diferentes era mais fácil imaginar o que significava cada vida, quantas esperanças, esforços, prazeres e dores, e ainda assim percebia quão limitada era a força de sua imaginação, pois no fundo ela pensava apenas naquela única vida que mais a comovia e determinava,

enquanto observava, de passagem, uma mulher mais velha, sentada num banco em meio às muitas cabeças de pedra, e cantarolava sozinha, com voz rouca, às vezes mais alto, às vezes mais baixo, e que parecia mentalmente perturbada, ou talvez só profundamente triste, uma advertência de que era preciso tomar cuidado para não enlouquecer no meio de todas estas cabeças de pedra, no meio de mortos em demasia,

e ela desviou a atenção, olhando para a esquerda, onde dois oficiais alemães desciam de um carro preto diante de um casarão esplêndido e subiam os degraus que levavam à entrada, não era a primeira vez que ela via militares entrarem ali ou se sentarem nos terraços, nos domingos daquelas semanas de inverno, trajando casacos compridos, oficiais alemães e italianos que tomavam decisões a respeito da continuidade da guerra e que tinham o direito de tomar café ali, no luxo de suas responsabilidades, provavelmente café bom e verdadeiro como aquele que às vezes Gert lhe mandava de presente de Túnis, e que as donas de casa romanas havia muito tempo não tinham mais como comprar ou só conseguiam comprar no mercado negro a preços inacreditáveis,

ela estava bem satisfeita por seu marido não ser um oficial, na verdade estava orgulhosa disto, de que ele ainda fosse só um cabo, paramédico, motorista, escriturário e telefonista, e que ele, em vez de planejar grandes batalhas, tomar decisões a respeito da vida e da morte de milhares de pessoas e beber café em meio ao luxo, preferia aconselhá-la a aproximar-se da arte, seguindo adiante pela esquerda até o fim do parque, ir passeando até a Galeria Borghese, *vá até lá, olhe à sua volta, alegre-se com as coisas bonitas,*

mas ela não ousava aproximar-se da arte sozinha e se sentia intimidada pela nudez que era pintada e exposta ali, da qual Ilse tinha lhe falado, e não era capaz de distinguir entre Rafael e Michelangelo, embora tivesse assistido ao filme de Michelangelo com Gert em Berlim, a Capela Sistina, Moisés, certamente, mas o que dizer sobre os quadros,

em todas as visitas aos museus, como outro dia, com a culta Frau Bruhns numa visita ao Capitólio, ela tinha notado quanto dependia do homem ao seu lado, sozinha ela não era capaz de se entusiasmar, só com os olhares e as explicações dele ela tinha sido capaz de sentir a felicidade de compreender melhor o que via, só junto com alguém a gente vê direito, só junto com alguém o sentido se revela,

e olhou da rua do belvedere, que continuava na mesma altura do morro, que conduzia em direção à escadaria espanhola até a Igreja Trinità dei Monti, rumo ao sul, rumo à África, e mirou fixamente a vista entre o Palácio Real e o Altar da Pátria, dirigindo o olhar para longe, para Túnis,

onde ele permanecia sentado no escritório de um tenente às margens da cidade, das seis ou sete da manhã até a meia-noite, ele não tinha o direito de escrever com maiores detalhes sobre o seu trabalho como soldado, nem sobre o lugar onde estava seu destacamento, até mesmo as informações sobre o lugar onde se encontrava, que vinham em suas cartas, eram o mais genéricas possível, *África, 7 de janeiro*, e só uma vez, talvez por distração ou talvez para lhe dar essa indicação, ele escrevera Túnis, em vez de África,

enquanto isso, ela entendera que a batalha perdida no deserto perto de El Alamein, no fim de outubro, tinha sido o motivo da ordem de mobilização inesperada em novembro, o motivo do choque da separação, dezenas de milhares de soldados tinham caído, alemães e italianos, e por isso os reservistas tinham sido convocados com urgência de volta para o *front*, até mesmo aqueles que haviam sido dispensados anteriormente, reservistas que eram considerados indispensáveis nos trabalhos civis, até mesmo seu marido, e tinham sido despachados para a África de avião, não deveria mais haver desgraças, nem mais baixas,

Vencer! tinha se tornado uma ordem para os alemães e também para os italianos, diante dos quais, dia após dia, as palavras *Vinceremo!* ou *Vincere!*, em letras garrafais, saltavam aos olhos, impressas nos jornais de parede, nas praças mais importantes e nas esquinas das avenidas, sempre com pontos de exclamação, às vezes com três pontos de exclamação,

ainda assim havia baixas em demasia, na Rússia não parecia que grandes vitórias estivessem por acontecer, quase não se falava em vitória, só se falava de quanto tempo a guerra haveria de durar, e de que valia aquela guerra terrível se não haveria mais vitórias, ela era incapaz de imaginar uma guerra sem vitórias,

desde quando ela era uma menina de doze anos de idade o Führer conduzira o Reich de triunfo em triunfo, e ela só conseguia se lembrar de vitórias, conquistas, celebrações, júbilo, nos serviços religiosos agradecia-se a Deus pelos sucessos militares e políticos, e quando havia alguma vitória seu marido podia voltar logo, mas quanto mais as derrotas ameaçavam os diferentes *fronts*, mais tempo ele ficava longe, correndo riscos de vida cada vez mais graves, cada vez maiores, e ela era obrigada a esperar por mais e mais tempo, o que haveria de ser da bela Alemanha sem vitórias, era impossível imaginar, era proibido pensar numa coisa como aquela, ela não se permitia pensar assim, e enquanto sua saudade voava para o sul, rumo à África,

o Castelo de Wartburg surgiu diante dos seus olhos, como se os morros e os vales de Roma se parecessem com os morros e os vales da floresta da Turíngia à volta do Castelo de Wartburg, e os telhados romanos se parecessem com as copas das árvores da Turíngia, e os casarões do Gianicolo se parecessem com os casarões de Eisenach, nada era comparável, e ainda assim o belo e orgulhoso castelo alemão de Wartburg, com suas torres, portões, atalaias, muralhas e janelas enfileiradas, subitamente lhe parecia muito próximo dos edifícios à sua volta, o destino dos primeiros passeios que haviam feito juntos quando seu amor começara a germinar, dois anos e três meses antes,

em vez de permanecerem sentados no Café Tigges, o jovem, que ela deixara esperando por dois anos para marcar um encontro, sugerira fazerem uma caminhada até o Castelo de Wartburg, sob os larícios, os carvalhos e as faias, morro acima, seus passos juntos, tímidos e solenes, sobre o solo da fortaleza santificada por Lutero, e a ampla vista que despontava da torre do sul, conversas formais sobre os tempos de escola dela e os tempos de soldado dele, e sobre a família dela e a família dele, a caminhada pelo Prado dos Cantores, o café que tinham tomado ao ar livre

no esplêndido clima de outubro, era a primeira vez que ela ousava fazer um passeio sozinha com um jovem, descendo do Castelo de Wartburg pelo vale de Maria, e ao fim daquela longa tarde respondera à pergunta dele, à pergunta decisiva, se ele poderia voltar, vir de Kassel até Eisenach para vê-la ainda uma vez antes de voltar a Roma,

sim, ela dissera, mas tão baixo que ele teve de perguntar novamente, *sim*, ela repetira, um pouco mais alto, e ao fazê-lo seu rosto enrubescera e ficara mais vermelho do que nunca, e uns dias depois

ele estava lá outra vez, trazendo bombons de chocolate que tinha comprado na França, onde tinha sido soldado, ele não os tinha pilhado, como fez questão de enfatizar, e os dois caminharam pelas florestas abaixo do Castelo de Wartburg, comeram os bombons, e, ao anoitecer, ele a surpreendeu com uma pergunta cautelosa, se eles já podiam se tratar de você porque soava tão terrível chamá-la de senhorita, depois que eles disseram você um ao outro pela primeira vez tudo correra como num instante até o dia do noivado,

e por isso ela não se espantava nem um pouco ao ver o Castelo de Wartburg sobre o horizonte de Roma, como se fosse uma miragem, a fortaleza inexpugnável que se erguia acima da floresta era uma imagem marcante da fé de que Ele, o Deus cujo nome se escreve com letras maiúsculas, a ajudaria e a ajudara, conforme as palavras da Bíblia, *ele me conduz por caminhos de retidão*, a reagir de forma apropriada à carta do seu admirador,

e ao mesmo tempo uma imagem marcante da fé no amor dela, que fora despertado pela primeira vez sob o sol de outubro, sob aquela fortaleza, e que crescera até se tornar a dádiva de uma felicidade incomensurável, as primeiras frases de amor tinham sido gravadas em sua memória, *eu creio que você é boa demais para mim e temo não ter o suficiente para lhe dar*,

cada uma dessas sílabas contra as quais ela se defendera, de início, *você me considera boa demais*, e todas as declarações de amor dele que se seguiram, tinham sido anotadas por ela antes do casamento, ela as carregava em seu coração, elas a fortaleciam em cada minuto de aflição e a ajudavam em sua solidão romana, aqui também, no caminho do Pincio,

no ponto em que o caminho passava ao longo das muralhas altas da Villa Medici, de onde se defrontava a cúpula da Catedral de São Pedro, a fé e o amor eram inseparáveis, sem a fé na Divina Providência ela não poderia ter aceitado este amor e um homem que a vira apenas uma vez, quando ela ainda nem tinha dezessete anos, numa *noitada estética* com canto, jogos e danças de um grupo de jovens, e que, embora não estivesse sentado na mesma mesa que ela, tinha dançado com ela e em seguida tinha lhe pedido, por carta, para marcarem um encontro, enquanto ela, por não ter gravado o nome dele, sequer sabia qual dos jovens lhe escrevia, e se recusara a manter correspondência com ele, *pois eu me sinto jovem demais, e acabo de completar dezessete anos, uma correspondência assim sempre é uma forma de compromisso, e neste sentido eu quero manter a minha total liberdade,*

um homem que esperara por ela durante dois anos, desde o outono de 1938 até o outono de 1940, passando pelo início da guerra, pela invasão da França, e que depois lhe escrevera, *mas mesmo tendo passado tudo o que eu passei, nunca esqueci aquela noite na qual a conheci apenas superficialmente, eu mesmo me admiro disso, mas a sua lembrança desde então nunca mais me deixou, queria lhe escrever isso,*

e depois que esta carta inacreditável tinha chegado até ela, em Eisenach, tendo passado por três estações, ela lhe respondera com um cartão-postal, emocionada pela paciência e pela perseverança daquele desconhecido, e então eles acabaram marcando um encontro num café, que levou ao primeiro passeio até o Castelo de Wartburg, ao qual se seguiu um outro passeio e, menos de duas semanas mais tarde, o noivado, porque ela, como deve fazer uma boa filha, escrevera uma breve carta à sua mãe depois do primeiro encontro e depois do segundo encontro uma carta mais extensa, ao mesmo tempo informara à diretora da Escola de Puericultura, a tia Emma von Rentorff, tudo o que se passara, e esta convocara o jovem para um encontro e tivera uma impressão satisfatória dele, e logo ligara para Bad Doberan, avisando que só faltavam poucos dias para a partida dele para Roma, para o serviço eclesiástico,

na Via Sicilia, aonde ela agora se dirigia a pé, grávida, e ainda espantada com todos esses pensamentos que se voltavam para o passado e comovida de gratidão por todas essas providências felizes,

seus pais não só haviam exigido que o jovem se apresentasse a eles, como também exigiram o noivado imediatamente, depois que ficara confirmada sua boa impressão a respeito daquele admirador da filha deles, que acabara de completar dezenove anos de idade, o que o perturbara muito, pois ele não estava habituado a costumes tão rigorosos, depois de apenas doze dias e de três encontros com a futura noiva, antes que ele acabasse sendo forçado a conceder, depois de uma longa conversa com ela, selou com o primeiro beijo à beira da floresta, na direção de Heiligendamm, aquilo que começara à sombra das árvores do Castelo de Wartburg e que haveria de se tornar um caminho de vida, como no poema:

Através da vida me dirigi a você/ com tanta firmeza e clareza como através da terra verde/ a pomba voou, depois de tanto tempo aprisionada/ e acabou por encontrar o caminho para seu lar, assim escrevera Börries von Münchhausen, naquelas linhas encontrava-se toda a verdade, e tinha sido a honrada e inteligente tia Emma quem primeiro a aconselhara a se encontrar com o homem desconhecido, *depois de dois anos!*, e depois do noivado os tinha presenteado com aquele poema, *e se eu penso em tempestades e brigas e em lutas,/ nas errâncias da minha juventude,/ me parece, muitas vezes: a minha vida inteira/ foi um caminho silencioso e certo em direção a você,*

muitas vezes, durante suas caminhadas silenciosas e distraídas por Roma, ela se lembrava do Castelo de Wartburg como um símbolo da confiança, do amor e da crença, como um símbolo da bela Alemanha, e também como um contraponto protestante à Catedral de São Pedro, a fortaleza de Lutero, a força de Lutero, a invencibilidade de Lutero, a bela língua de Lutero, e como lembrança da delicada e humilde Elisabeth, a santa, ou talvez o exemplo, no sentido evangélico, de alguém que se revoltara contra as atividades da corte e que servira os pobres e as crianças, em pobreza voluntária, motivo pelo qual essa Elisabeth também se tornara uma figura tutelar para as puericultoras educadas em Eisenach, ela gostava de passear pela capital dos católicos tendo diante dos olhos a imagem do Castelo de Wartburg, aproximando-se passo a passo da África enquanto seguia, passo a passo, pelo declive suave que ladeava à direita o muro da Villa Medici, vendo à direita os jardins suspensos, pensando nos lindos jardins suspensos do lar das diaconisas e nas bondades romanas,

nas frutas frescas que encontrava no prato à hora do almoço, frutas com as quais apenas se podia sonhar no Reich, uma laranja e uma maçã todos os dias, em novembro ainda havia uvas, uvas azuis, gordas, doces, e quando ela sentia um desejo irresistível pela maior de todas as delícias, o chocolate, podia se dirigir à *gaveta doce* do quarto de Gert, na Via Toscana,

além disso havia o sol benevolente, um sol que não era de inverno, mas de outono ou de primavera, no terraço, no telhado, um quarto inicialmente só para ela, agora um quarto que ela dividia com Ilse, e logo mais, após o parto, outra vez um quarto só para ela, suas caminhadas, que, mesmo sem o marido amado, já eram *prazeres romanos*, um telhado sobre a cabeça junto a cristãos, comida suficiente, cuidada e mimada, e além disso ainda havia o sol,

às vezes Gert lhe enviava tâmaras e pasta de tâmaras, uvas-passas, figos e açúcar, às vezes amêndoas, macarrão, arroz, e por sorte, com bastante regularidade, o amado café cru da África, em pacotinhos despachados pelo correio militar, que não podiam pesar mais do que cem gramas, ou às vezes enviava por meio de algum camarada em viagem a serviço um quilo inteiro de café para Roma, pois recebia seu soldo em dinheiro francês, e comprava com ele café antes de ser torrado, quase todas as semanas ele punha um desses pacotinhos a caminho, às vezes para seus parentes, às vezes para ela, e seu camarada Jacobi, do escritório da Via Quattro Fontane, conhecia bem os comerciantes e vendia para ela aquela mercadoria preciosa,

ou ela guardava o café no armário para as necessidades que estivessem por vir, assim ele preservava seu valor, ou para ocasiões festivas, como a volta do *front* ou o batismo que estava por vir, o café era muito procurado no mercado negro, racionado havia anos e cada vez mais raro nos últimos tempos, já não havia mais café em Roma, pagava-se um preço inacreditável pelo café, ela se espantava ao ver quanto o café valia para os romanos, pois só se tomava substitutos de café e não se tinha mais do que três fatias de pão por dia, como as coisas haveriam de continuar,

Ilse tinha nascido no Brasil e sabia falar português, durante seus três anos de espera aprendera bem o italiano e gostava de conversar com seu jeito aberto com o pessoal da cozinha e da lavanderia, Ilse sabia da tristeza dos romanos, *as pessoas já não querem mais guerra*, dissera ela, *e quando são privadas de café e de pão, de farinha e de açúcar, e falta gás por horas a fio, a querem menos ainda*,

estas palavras eram claras, no Reich ninguém poderia dizer uma coisa dessas em voz alta, isto seria considerado como dissolução da força militar, e aqui também era preciso tomar cuidado, talvez Ilse só dissesse isto dentro do quarto, quando estivessem a sós, Ilse confiava nela, mas aquilo a deixava assustada, não estava acostumada com palavras tão claras e diretas, por isso tentava só assentir com a cabeça diante do que Ilse dizia, no máximo balbuciava um sim, fora isso não havia nada a dizer,

ela não queria se expor a punições nem queria prejudicar a força de vontade do exército, pois o que haveria de ser se os italianos parassem de colaborar, ou se a guerra de repente chegasse ao fim, a um fim sem vitória, a um fim sem derrota, ela nem mesmo era capaz de imaginar o que haveria de ser da Alemanha, da pobre Alemanha, cercada de inimigos por todos os lados,

a guerra era uma difícil provação, e o tempo totalmente inimaginável que se seguiria a esta guerra também haveria de ser uma difícil provação, talvez uma provação ainda mais difícil, isto era algo que se podia aprender a partir da história de Jó, mas de nada adiantava, era inútil começar a pensar nisso agora, pois havia um único pensamento capaz de ajudar, *estamos todos nas mãos de Deus, e Deus há de fazer tudo corretamente, conforme a sua vontade e não conforme a nossa,*

e quando ela se aproximou da fonte com aquela bacia que chamava a atenção pelo tamanho, que ficava sob as árvores diante da Villa Medici e convidava a uma breve pausa, porque daqui a vista tornava a se abrir sobre as superfícies reluzentes da cidade e sobre a cúpula da Catedral de São Pedro, ao fundo,

diante daquela bacia com uma esfera de pedra, de cujo cume a água escorria, ela sempre voltava a se lembrar do poema *A fonte romana*, que aprendera na escola: *o jato de água se alça e, ao cair, jorra, enchendo a bacia de mármore redonda*, embora a descrição nem combinasse com esta fonte, ela a conhecia de cor porque gostava muito do seu final, *e cada uma toma e dá ao mesmo tempo, e a água jorra e repousa,*

e mais adiante, passando por uma banca de café que vinha de tempos melhores, onde haveria café se não fosse o racionamento, e pela enorme máquina de *espresso* cor de cobre e cor de prata, coroada com uma águia de bronze, ela nunca tinha visto ocupado o homem atrás do balcão, que às vezes lhe sorria de maneira amistosa, ou ambiguamente amistosa, quando ela passava por ali, e não desviava o olhar na hora certa, e nas quatro mesas diante do balcão nunca tinha visto gente sentada,

como se as mesas vazias e a máquina de *espresso* estivessem à espera do término da guerra, em tempos de paz este seria um lugar bonito para se tomar um café extremamente forte como os italianos gostavam, aqui, em frente à Villa Medici e ao lado da fonte, dois velhos estavam de pé junto ao balcão e conversavam com o *barman*, ela olhou rapidamente para o outro lado, não queria ser atingida pelos olhares invasivos, e seguiu adiante em direção às torres e à fachada lateral da Trinità dei Monti,

e como Ilse era simpática, apesar de seu jeito decidido e enérgico, tivera um destino difícil e sabia tanto a respeito de Roma, por exemplo, sabia por que todas as crianças andavam por ali com o nariz escorrendo, os pais não tinham dinheiro para comprar lenços e a maioria das pessoas não tinha com que aquecer as moradias, deitavam-se trajando casacos, daí as feridas causadas pelo frio,

ela se preocupava com Ilse, que raramente tinha uma palavra boa a dizer sobre Hitler e sobre Mussolini, sobre o poder que havia sido instituído por Deus, ainda há poucos dias ela dissera que Hitler sempre exigia *não mostrar fraqueza*, mas o ser humano não era assim, e Mussolini insistia, o tempo todo, *é preci-*

so odiar o inimigo, mas os italianos, ao menos os que ela conhecia, não gostavam de odiar, ela tampouco gostava de odiar, por que haveria de odiar os ingleses ou os americanos,

por sorte Ilse interrompera sua fala, talvez em consideração a ela, pois ela, que era mais jovem e nunca se pronunciava acerca de questões nacionais ou políticas, perguntara por um instante a si mesma por que deveríamos odiar os ingleses e os americanos, e ao mesmo tempo se sentira culpada, atordoada e assustada por este pensamento proibido,

afinal eles estavam lutando contra seu marido, contra os alemães e os italianos na África, lançavam as terríveis bombas sobre pessoas inocentes, espalhavam sofrimento sem fim nas cidades e destruíam não só residências mas também igrejas, o que diriam os romanos se alguém destruísse suas igrejas, por exemplo esta igreja famosa acima da Piazza di Spagna à qual ela se dirigia e cujos sinos pendiam de uma torre com uma abertura como se logo quisessem começar a bater,

talvez, ela pensou, você devesse se afastar um pouco de Ilse, de qualquer maneira não deveria mais se meter naquelas conversas que a deixam tão confusa, Ilse é mais velha e tem mais experiência na vida, mas evidentemente tem muito pouca fé, mal fala sobre isto, e também não vai à missa todos os domingos, talvez por isso ela tenha essas opiniões estranhas, por outro lado era preciso ter pena dela e compreendê-la, já havia três anos que ela esperava para poder viajar para junto de seu noivo na distante Austrália, e só por este motivo ela já deveria desejar o fim da guerra,

Ilse também não gostava dos que falavam com entusiasmo sobre Roma, dos que só viam a Roma antiga ou só os palácios, os altares, as colunas e as obras de arte, e que, em todas as oportunidades, citavam os poemas de Goethe ou os poemas das fontes, porque esses sonhadores, em sua opinião, não sabiam nada a respeito da fome de cada dia, nem sobre os bairros mais afastados, onde se criavam frangos e coelhos nos terraços, e sobre as pessoas simples, nem conheciam a terrível pobreza sobre a qual se constrói todo o esplendor,

se conhecessem as pessoas da lavanderia, da sala de passar roupa, da máquina de alisar roupa, embaixo, e da cozinha, seriam capazes de entoar um cântico bem diferente a respeito de Roma, bem diferente daquele dos alemães cultos, com seu olhar superficial voltado para a beleza, bem diferente dos estudiosos dos institutos e dos alemães nobres das duas embaixadas, da embaixada negra junto ao Vaticano e da embaixada branca junto ao rei e ao Duce,

os entusiastas de Roma das classes mais elevadas certamente não sabiam que, por exemplo, se recomendava aos romanos assar as chamadas tortas de guerra, sem farinha e sem manteiga, mas com massa de macarrão, e guardar a água do macarrão para se lavar, pois seria tão boa quanto sabonete, que também não havia mais, e quanta propaganda era feita sobre a utilidade da água de cozimento como o melhor de todos os sabonetes, propaganda sobre as chamadas hortas de guerra das praças e dos terrenos baldios em meio à cidade, como a que havia diante do Altar da Pátria, onde se plantavam verduras, porque faltavam verduras,

a expressão alemães nobres a atingira, embora Ilse realmente não estivesse errada, como cristão era preciso sempre olhar como estavam os pobres, e era certo que a maioria das pessoas em Roma eram pobres, as muitas vitórias e conquistas não tinham eliminado a pobreza, mas a tinham tornado ainda mais grave, e

do que as pessoas hão de viver se, como Ilse dizia, lhes ordenavam como deveriam falar e como deveriam se cumprimentar, e se ela tivesse de entrar para o partido para ganhar uma fatia de pão ou um ingresso para o cinema com preço reduzido pela metade,

mas se é verdade que tudo isso estava certo, e que Ilse não estava exagerando, era preciso cuidado para evitar exageros e generalizações, não era motivo para ver com maus olhos os alemães das classes cultas e os alemães nobres, que certamente tinham uma visão mais profunda das coisas do que Ilse, isto também não era cristão, colocar-se acima dos outros e pronunciar julgamentos derrogatórios, afinal de contas ela também era uma nobre alemã, embora não tivesse uma visão mais profunda das coisas, algo que não se percebia em seu nome, que ela portava havia um ano e meio,

na verdade, ela achava que os alemães da nobreza a tratavam com extrema simpatia e estavam sempre dispostos a ajudá-la, ela não tinha nenhuma culpa por sua origem, também não tinha nenhuma culpa por não conhecer nenhum italiano exceto o dr. Roberto, que sempre dizia, *caminhe, jovem senhora, por favor não se preocupar, eu cuidar de tudo, caminhe!*, agora ela tinha caminhado todo o belo e longo trecho até a escadaria espanhola,

abrigada na *colônia* dos alemães e na comunidade alemã, ela não tinha nenhuma culpa por ter melhor sorte que a maioria dos pobres romanos, e por não ter muito o que fazer, exceto providenciar roupas para a criança e fazer tricô, escrever cartas e ir andando quatro ou cinco vezes por semana até o escritório da Direção do Front, onde chegava e de onde partia o correio do campo de batalha, e ajudar as irmãs na cozinha, na arrumação, na confecção de bolos e bolachas e na ornamentação natalina, um Natal com as irmãs quase como em casa, com árvore, fitas reluzentes e velas, *uma rosa brotou, ó serena* e *noite feliz* na Via Alessandro Farnese com o evangelho natalino e toalhas brancas sobre as mesas, com biscoitos e presentes, bloco de notas, *Hermann e Dorothea*, roupinhas para a criança, com maçãs, amêndoas, laranjas, figos, nozes, com uma longa carta de Gert e um pacotinho vindo de Bad Doberan, pela primeira vez em sua vida um Natal longe da família, e ainda assim sem saudade, enquanto Gert tinha de suportar uma noitada estéril de bebedeira com seus camaradas,

agora o Natal tinha passado, ainda faltavam cerca de quatro semanas para o parto, ninguém poderia criticá-la por só ajudar em trabalhos leves na cozinha e por não ter muito mais o que fazer,

além de esperar pela criança e pelo marido, a criança era possível saber mais ou menos quando chegaria, mas a chegada do marido, que prometera lhe mostrar por dentro as mais importantes dentre as igrejas, inclusive esta aqui, Trinità dei Monti, não era possível saber quando seria, isto dependia das forças superiores, da vontade de Deus e do desenvolvimento da guerra, ele tinha lhe deixado o *Baedecker* e lhe dera um conselho, *olhe bem à sua volta, em Roma todos os dias há coisas novas a serem descobertas,*

e a cada dia ela encontrava algo de bonito, como agora a vista da balaustrada, escadaria abaixo, aquela escadaria espanhola recurva, construída em arco, todas as amigas e todos os parentes do Reich a invejariam por causa daquela vista, a mais bonita de Roma, e da qual ela podia desfrutar como que incidentalmente, no caminho do seu quarto até a igreja,

justo acima das edificações mais altas do centro, com o labirinto de telhados e telhas, chaminés e cúpulas, junto ao sol de inverno que se tingia de um alaranjado suave enquanto se inclinava sobre a cúpula da Catedral de São Pedro e assim tornava mais nítidos os contornos do horizonte de morros e das nuvens finas,

e poder deixar o olhar passear dos degraus generosamente largos até as palmeiras e as fachadas coloridas, voltadas para o sul, até os terraços cheios de plantas, apesar do inverno, dois limoeiros e laranjeiras reluzentes atrás de uma sebe, num jardinzinho à esquerda, e subir outra vez em direção às cúpulas e aos telhados e aos primeiros rastros da luz do anoitecer,

quem não haveria de querer estar no lugar dela, em Roma, nesta escadaria, de onde se podia sentir o céu inteiro, no sul, na terra das uvas e das laranjas, sem bombas, passeando em meio a uma guerra moderada, acompanhada apenas de sirenes, então ir a um concerto, e ainda assim, nisto ela poderia pensar sem se sentir ingrata, faltavam-lhe exatamente, a voz e o conhecimento, o calor e a proximidade do homem que lhe pertencia, ela queria ver Roma com ele, não com o *Baedecker*, ela gostaria de saber o que ele diria se soubesse que, ao olhar para esta famosa e sempre tão admirada escadaria espanhola, feita de calcário branco e poroso, ela via uma escada que levava para o céu, a escada celeste de Jacó, da Bíblia, da Bíblia ilustrada de sua infância,

uma escada celeste elegantemente inclinada, levemente arqueada, que levava de baixo, das ruas da cidade e da esfera terrestre, das fontes em forma de barcos e das lojas, para o céu, com curvas, desvios, balaustradas e plataformas para se descansar, para os obeliscos e para a igreja, no alto, *e ele sonhou: eis que uma escada estava sobre a terra, cujo topo tocava o céu, e veja, os anjos de Deus subiam e desciam por ela,*

no *Baedecker* estava escrita alguma coisa a respeito de rococó ou barroco, aquilo não significava nada para ela, a passagem da Bíblia significava alguma coisa, ela gostaria de saber se era permitido pensar no patriarca de Israel com sua escada para o céu aqui, no meio de Roma,

pois eles eram arianos e não podiam falar a respeito dos judeus, e as figuras do Velho Testamento também eram suspeitas, de alguma forma, já que Jacó, isto ela lera em algum lugar, é exortado, nesta passagem, a multiplicar o povo de Israel e espalhá-lo em todas as direções da terra, e era exatamente este o problema com os judeus, que eram culpados pela insalubre mistura de raças, conforme ela aprendera no BDM, nas aulas de ciência da raça,

talvez até mesmo houvesse judeus em Roma, ela não sabia bem, ela não conseguia se lembrar de ter visto judeus com estrelas amarelas nos casacos, de nenhum de seus conhecidos romanos ela jamais ouvira a delicada palavra judeu, nem mesmo de Ilse,

poderia ser tão perigoso se, por acaso, ocorresse à gente uma coisa tão simples como uma escada celeste, ainda que não fossem anjos que estivessem subindo e descendo por ali, e sim romanos totalmente normais, gente da cidade que não olhava com espanto nem com orgulho para aquele milagre, mas que usava a escadaria simplesmente como atalho que ligava a parte mais alta à parte mais baixa da cidade, só um velho, que oferecia castanhas assadas no meio da escadaria, parecia ter algo da paciência e da concentração de um anjo,

passos alegres, saltitantes, e rostos risonhos eram algo que não se poderia esperar naqueles tempos, nem mesmo numa escada celeste, mas talvez algumas pessoas caminhando respeitosamente, ao menos algumas pessoas sentadas nos degraus, desfrutando da vista esplêndida, sobre os judeus e sobre a sua ideia súbita a respeito dos judeus ela poderia conversar com Gert, se ele estivesse aqui, com ninguém mais, era também por isso que ela precisava dele aqui, para que pudesse falar com ele sobre um assunto tão delicado, sobre o perigo das ideias súbitas,

sozinha, ela não era capaz de saber o que podia e o que não podia dizer, em que podia pensar e em que era melhor não pensar, e como lidar com os sentimentos ambíguos, era obrigada a suportar aquilo tudo sozinha até que ele voltasse,

uma vez Gert lhe dissera, seu pai também costumava lhe falar assim quando falava sobre as bases do cristianismo, *nosso Deus, nossa Bíblia, nossa crença estão acima de toda razão, e acima de todas as autoridades, que nós incluímos em nossos pedidos nos serviços religiosos, para que elas encontrem uma maneira responsável de agir, mas se o Führer se colocar acima de Deus e da vontade de Deus, não podemos lhe obedecer cegamente,*

tampouco está escrito na Bíblia que nós sejamos contra os judeus, ou que devamos lutar contra eles, nossa crença está estreitamente ligada à crença deles, por isso é uma injustiça acusar os judeus de todo o mal, alguma coisa assim diziam os homens da Igreja do Reconhecimento, à qual seu marido e seu pai eram próximos, algo que só podia ser dito secretamente e em voz baixa, tudo era complicado demais, DEUS CONOSCO estava escrito no fecho dos cintos dos uniformes dos soldados, abaixo destes dizeres estava a águia pousada sobre a cruz gamada, em todos os uniformes Deus e o Führer estavam juntos, Gert também portava Deus e a águia com a cruz gamada sobre a barriga, mas não gostava de falar sobre isso, era complicado demais,

de qualquer forma, era melhor se manter em silêncio, especialmente como mulher, era preciso abster-se, era muito fácil deixar escapar uma ideia ou um pensamento pela boca, palavras impensadas podiam ser úteis ao inimigo, *o inimigo está ouvindo!*, ela aprendera, ou podiam se tornar perigosas para quem as dissera,

existe a arma do calar-se e existe a arma das palavras, ela aprendera no BDM, e, como de qualquer maneira ela preferia manter-se calada, especialmente quando não tinha certeza a respeito de seus pensamentos e as dúvidas sussurrantes não queriam se acalmar, ela sabia qual era o seu dever, esperar por Deus pacientemente e seguir seu caminho sem se deixar desviar,

e quando se voltou, avistando o obelisco com um olhar rápido para trás, viu que sobre ele havia uma pessoa que se ajoelhava diante de um homem-pássaro, o que imediatamente a fez perguntar-se se logo este obelisco, com suas peculiaridades, a escadaria espanhola e a bonita fonte do navio lá embaixo, seria envolto em madeira, areia ou cimento, para ficar protegido, por causa dos alarmes de bombas cada vez mais frequentes,

assim como os outros monumentos que já não se podia mais ver, a estátua de um rei no Capitólio, que estava reproduzida em formato grande no *Baedecker*, agora estava atrás de paredes de madeira e de vigas, o Arco de Constantino estava envolto por todos os lados em sacos de areia, o *Moisés* de Michelangelo estava envolto por muralhas, as antigas colunas romanas apoiadas em andaimes maciços de madeira,

eram cada vez mais frequentes, no centro, construções destinadas à proteção de monumentos, às vezes pintadas com propagandas como *Vincere! Vincere! Vinceremo!* ou com mapas do Império Italiano que se estendia até a Abissínia e as conquistas no Norte da África, que entrementes eram palco de lutas terríveis, ou já tinham sido perdidas,

por que as balaustradas, os degraus e as plataformas da escada celeste espanhola e o obelisco com o homem-pássaro não haveriam de ser protegidos de possíveis ataques com bombas, assim como todos os outros monumentos, como medida de cautela, como todas as outras medidas de cautela, afinal é preciso mostrar à população que há preocupação com a segurança, embora não caiam bombas em Roma, não vão cair bombas na cidade da Antiguidade e do Papa, na cidade que tem o epíteto tolo, mas útil nesses tempos de guerra, de eterna, um epíteto que os americanos e os ingleses também conheciam e respeitavam,

e que os militares alemães certamente também respeitavam, três oficiais da Marinha saíram do hotel ao lado da igreja, um hotel muito elegante, tão elegante que só se ousava olhar de relance para a porta giratória e para o porteiro com seu uniforme azul e galões dourados, que se despedia dos oficiais com uma saudação brusca, mas não com a saudação alemã nem com a saudação romana, que Hitler copiara dos fascistas italianos, que por sua vez imitavam os antigos romanos,

da Via Sistina uma carruagem veio de encontro aos oficiais, eles pararam, divertidos, e depois continuaram passeando, passaram pela banca de um vendedor de suvenires, os alemães, os militares, também gostavam de Roma, os alemães jamais fariam alguma coisa que pudesse prejudicar o esplendor da Cidade Eterna, da capital dos seus aliados italianos, cada oficial via aqui o Sacro Império Romano-Germânico dos livros de história, todos os alemães que ela conhecera aqui estavam de acordo, especialmente aqueles que pertenciam ao círculo da igreja ou da direção da igreja, dos quais a maioria não eram *pessoas oficiais*, como Gert dissera, e todos acreditavam que nem mesmo os mais fervorosos nazistas seriam capazes de danificar a intocável Roma, nem mesmo na pior das situações de guerra,

Augusto, o papa e Goethe, dissera Frau Bruhns, *vão cuidar para que Roma permaneça ilesa, e para que nós possamos sobreviver aqui*, e Herr Bruhns, sempre um pouco sonhador, dissera, *e se os ingleses não dão a mínima para o nosso Goethe, tenho certeza de que os* gentlemen *não irão bombardear os túmulos de Keats e de Shelley*, talvez Frau Bruhns tivesse dito César em vez de Augusto, ela já não sabia mais, talvez Herr Bruhns tivesse dito outros nomes ingleses, ela já não sabia mais,

sempre voltava a ouvir frases como aquelas, ainda assim havia o *blackout* das cinco e meia da tarde até as seis e meia da manhã, e ela não pensava em Goethe nem no papa, pensava, naquele instante, no estranho homem-pássaro sobre o obelisco, nos dois cavalos velhos, nos frangos e coelhos nos terraços e balcões, que ela nunca vira, e pensava em seu filho, rezava para dar à luz seu filho numa noite sem alarmes e sem bombas,

e agora que entrava pela escura Via Sistina, passando entre o hotel elegante e um esplêndido prédio de esquina que se alçava sobre a praça junto à escada espanhola, parecendo a popa de um navio, com um terraço espetacular sobre o qual pareciam crescer árvores inteiras, o prédio do Instituto Kaiser Wilhelm, no qual Herr Bruhns trabalhava juntamente com outros historiadores da arte alemães, nesta fachada também havia as horríveis setas pretas que apontavam para os abrigos antiaéreos,

e seguia pela rua estreita e sombreada, o trecho do caminho de que ela menos gostava, depois da beleza generosa da escadaria espanhola e da praça com os obeliscos, em frente à Trinità dei Monti, ao entrar na ruela escura

ocorreu-lhe a frase *Passai pelos portões estreitos*, o lema do mês de janeiro, e ela foi obrigada a sorrir porque este lema lhe ocorrera bem ali, depois da luminosidade e da amplidão do caminho que tinha percorrido até ali, isso também era um milagre ou uma bênção, e como a Bíblia sempre presenteava consolo e ajuda para cada uma das situações da vida, até mesmo para um passeio vespertino por Roma,

depois de cada estreito havia amplitude, depois de cada escuridão, luz, depois de cada necessidade, ajuda e salvação, mas era incômodo e difícil, e dependia de muita renúncia, conquistar a luz e a salvação, a felicidade e a serenidade, era aproximadamente este o sentido daquele verso, tudo era bom, tudo estava nas mãos de Deus, e quanto mais fortes estivessem as pessoas nesta crença, menos seriam enfraquecidas por dúvidas e por temores, e com mais tranquilidade poderiam passar por ruas escuras como aquela,

atrás de uma dessas janelas deveria ser o escritório do gentil Herr Bruhns, havia tantos alemães gentis aqui, que se preocupavam com ela porque tinham ouvido falar, como alguns diziam, da trágica separação do jovem casal depois de apenas três dias, amigos e conhecidos de seu marido, que a convidavam para tomar chá ou conversavam com ela depois da missa, ou passavam pelo lar das diaconisas e a animavam com perguntas cheias de empatia sobre o seu estado,

ela gostava bastante de ouvir quando eles falavam a respeito dessa cidade, todos se conheciam uns aos outros, e conheciam bem Roma e, como não se podia falar claramente a respeito da Alemanha e da situação da Alemanha, conversavam a respeito do tema eterno, Roma, e sobre tudo o que havia aqui para ser admirado e lamentado,

evidentemente, cada um deles tinha uma opinião bem estabelecida, sua imagem própria de Roma, havia um que praticamente só se interessava pelas igrejas, pelo misterioso Vaticano e pelo silencioso papa, outro se debruçava sobre a Antiguidade e sobre o

Foro, os arcos de triunfo e os muitos césares, uns admiravam a arquitetura ornamentada do barroco, outros as novas construções de Mussolini, com sua objetividade e suas linhas retas, uns viam em toda parte elegância e leveza, outros preguiça, indolência e feiura, e só poucos pareciam amar ou gostar da impenetrável cidade de Roma como um todo, com todas as suas contradições,

ela nunca encontrara ninguém que realmente apreciasse os romanos e os italianos e gostasse deles, exceto Ilse, talvez, que preferia conversar com as lavadeiras e as passadeiras no porão do que ouvir falar de conversas com as esposas de conselheiros da embaixada, emissários ou adidos,

de modo geral olhava-se com desdém para os moradores de Roma, discretamente e sem desprezo, mas com a mesma certeza com a qual, apesar de todo o amor cristão ao próximo, se punha os serviçais, ajudantes e mordomos um degrau abaixo de si,

ela até mesmo achava que tinha percebido em muitas conversas, como ouvinte silenciosa, professores universitários, políticos ou outras pessoas importantes da Itália serem ridicularizadas com muito mais frequência que pessoas importantes da Alemanha, da mesma forma que às vezes se ria do Duce ou se ousava fazer uma piadinha sobre ele, mas jamais sobre o Führer, ela também tinha sido forçada a admitir que os italianos lhe eram estranhos, quase assustadores, não lhe parecia que aquelas pessoas, jovens ou velhos, homens ou mulheres, que ela encontrava nas calçadas excessivamente estreitas da Via Sistina, a maioria delas abria espaço para deixar passar a mulher grávida,

quisessem cooperar para a compreensão mútua dos povos irmãos das duas potências do Eixo, e não pareciam tão alegres e descontraídas como se esperava que parecessem os italianos, antes pareciam indiferentes, ou pareciam conquistadores decepcionados que haviam despencado de sua arrogância nacional, quando o rosto e os olhos deles traíam algum segredo esse segredo era, invariavelmente, aquela mesma pergunta silenciosa: até quando,

a maioria das pessoas tinha pressa, ou queria dar a impressão de estar com pressa, com sacolas de compras e pastas de documentos, em nenhum lugar nesta rua movimentada ela via duas pessoas paradas, uma junto da outra, conversando, como se apenas isto já fosse considerado suspeito, dois senhores de idade esperavam por clientes, um perto do outro, junto à porta de uma loja de utensílios domésticos, dispensando os passantes como se fossem vigias, como se não pudessem deixar ninguém entrar, foi só depois daquele episódio desagradável no ônibus que ela passou a preferir manter-se longe dos italianos, só subir nos ônibus e nos bondes quando estivesse chovendo forte, embora sempre lhe oferecessem um lugar para se sentar, por causa da barriga protuberante, ela preferia ir a pé, desde aquele incidente ela também perdera a vontade de escrever palavras italianas em seu caderno para ao menos tentar aprender a língua, apesar disso ela se sentia feliz em descer pela Via Sistina, e se sentia livre quando pensava

que não precisava participar das conversas com todos aqueles alemães simpáticos que sabiam tanto sobre Roma, que conheciam tão bem a cidade e trocavam recomendações a respeito dos poucos restaurantes que tinham o privilégio de estar bem abastecidos ou a respeito das poucas especialidades italianas que ainda podiam ser compradas, eles pareciam ter opinião bem estabelecida a respeito de Roma e dos romanos, a respeito da Itália e dos italianos, faziam como se tivessem encontrado a chave para decifrar o enigma de Roma,

enquanto para ela tudo permanecia enigmático como a cena sobre o obelisco acima da escadaria espanhola, o homem ajoelhado, se é que era um homem, diante do homem-pássaro, fossem ou não hieróglifos, imagens como aquelas marcavam, inexplicáveis, pagãs, nem mesmo frases da Bíblia eram capazes de interpretá-las, na verdade, ela estava aliviada por não ter de participar da competição dos especialistas em Roma, não a incomodava em nada compreender tão pouco da inesgotável Roma quanto da minúscula imagem sobre o obelisco, ela nem mesmo desejava avidamente ser culta, nem parecer avidamente culta, ela não queria ser desviada das duas tarefas que lhe cabiam, trazer a criança ao mundo, se essa fosse a vontade de Deus, e aproximar-se tanto quanto possível de seu marido, voltar a abraçá-lo quanto antes, se essa fosse a vontade de Deus,

e via a si mesma, *quem se submete ao poder de Deus,* junto à entrada de uma perfumaria, onde havia um espelho comprido que chegava até a sua cintura, muito maior que o espelho do lar das diaconisas, ela via a si mesma com seu chapéu que quase lhe parecia ousado demais, desavergonhado, chamativo, *será por ele milagrosamente conservado,*

mas Gert gostava quando ela parecia chique e dizia, *vista-se sempre bem e apresente-se com modéstia, como uma dama, para que eles tenham respeito por você*, e naquele instante, vendo a si mesma com os olhos de Gert, ela realmente tinha respeito por si mesma,

olhou com orgulho para a própria barriga e para seu rosto estreito e fino, que ainda lhe parecia infantil demais, *como o retrato da Madonna de Perugino*, Gert dissera certa vez, mostrando-lhe um cartão-postal com uma imagem de altar desse pintor, e lhe falara da impressionante semelhança com ela, pensamentos vãos, deixe-os para lá,

a Via Sistina seguia primeiro para baixo, em linha reta, cruzando a praça com o poço do homem-peixe, e depois subia em direção à Via Quattro Fontane até o escritório da Direção do Front, onde ela recebia as cartas da África, os envelopes sem selos, com simples carimbos, envelopes cheios de promessas, sinais de vida com o número do correio militar 48870, e os abria num canto tranquilo,

ou o mais tardar logo ao sair para a rua, e voava com o olhar sobre o papel quadriculado, antes de ler tudo com calma, em casa, três ou quatro vezes, e se Ilse não estivesse no quarto, lia a carta em voz alta para *o seu* criança, o que lhe causava o mais profundo e secreto prazer, quando depois sentia em si os movimentos de respostas sem palavras dentro de si,

Gert, que não tinha um instante de sossego, sobrecarregado pelo serviço duro das seis da manhã até meia-noite, na maior parte das vezes escrevia apenas cartas breves ou, à noite, quando não havia mais luz, acrescentava algumas frases, à luz de velas, depois da leitura ela costumava memorizar ao menos uma das frases, que levaria consigo até a chegada da carta seguinte, para que algumas das palavras dele ficassem com ela de dia e à noite, nos sonhos e ao amanhecer, a acompanhassem, reluzissem em seu íntimo,

como naquela tarde de sábado, na qual ela levara consigo as palavras que agora tinham nove dias, palavras ainda novas, de apenas nove dias, que estavam na carta do dia 7 de janeiro, recebida na véspera, *Agora aproveite para absorver tudo o que Roma tem de belo para lhe oferecer, isso também fará bem à criança,*

e entrou na esquina da ladeira íngreme da Via Crespi, bem na frente dela um afiador de tesouras apoiou a bicicleta sobre o suporte, acionou a pedra de afiar com os pedais e começou a afiar uma faca de cozinha de tamanho médio, este homem quase se parecia com o afiador de tesouras que, a cada duas semanas, passava pela Bismarckstrasse em Bad Doberan, a quem todos chamavam de Fritz, Fritz afiador, ela quase se dirigiu a este colega romano no dialeto alemão da sua cidade,

na Via Crispi, onde lojas de joias, lojas de gravatas e lojas de roupas íntimas exibiam suas parcas mercadorias nas vitrines, alianças de casamento que pareciam feitas de latão pálido, como se tivessem sido produzidas a partir de cartuchos de balas vazios, duas gravatas escuras ao lado da touca engraçada e do uniforme da Hitlerjugend italiana, que evidentemente tinha outro nome que lhe era desconhecido, camisetas e três cuecas dobradas discretamente,

as lojas de prateleiras quase vazias pareciam abandonadas, durante a guerra não se compram joias, e quem é que ainda compra gravatas quando a fome é comensal em todas as refeições, só se forem gravatas pretas, para funerais, talvez ainda fosse possível vender roupas de baixo quentes, pois a maioria dos apartamentos não tinha aquecimento,

talvez só fosse possível obter roupas de baixo de inverno no mercado negro porque tudo o que esquentava, lã e algodão, era destinado aos soldados na Rússia gelada, obedecendo ao lema Lã para a Pátria, e a propriedade particular de objetos de lã era praticamente equivalente a um crime contra as tropas do Eixo, que lutavam corajosamente,

a escadaria subia, muito íngreme, depois de alguns passos cansativos a jovem entrou à direita, na travessa Via degli Artisti, que igualmente subia, e tentava tirar da cabeça todos esses pensamentos supérfluos, pesarosos e desagradáveis, que não eram exatamente *tudo o que Roma tem a oferecer de belo*, pensando no homem amado,

que recentemente, diante da difícil situação no *front* russo, escrevera abertamente, *com quanta bondade*

Deus tem me conduzido, trazendo-me para cá, em vez de me mandar para lá, que, há um ano e meio, tivera a sorte de ser ferido na perna poucas semanas depois do início da invasão da Rússia, e de ter sido enviado a um hospital, uma história longa e desagradável de um ferimento que não cicatrizava, de uma chaga que sempre voltava a abrir,

que primeiro o protegera de ter sido enviado de volta para a neve e para o gelo do *front* russo como motorista da infantaria, onde tantos homens já tinham caído e onde agora batalhões inteiros eram cercados pelo inimigo, e que depois lhe permitira fazer trabalhos burocráticos no escritório da Direção do Front, em Roma, também finalmente seguir um pouco sua vocação e cumprir suas tarefas no púlpito, no altar e na pia batismal da Via Sicilia, o que ele também, na verdade, deveria fazer naquele inverno, acompanhado por ela,

não fosse pela derrota da grande batalha de El Alamein, se não tivesse sido necessário mobilizar agora os reservistas, os temporariamente dispensados por sua participação na indústria essencial para o esforço de guerra e os que tinham sofrido ferimentos leves *durante o serviço militar*, pelo menos para os escritórios na África, onde ele continuava a ter problemas com a perna o tempo todo e discutia sempre com os médicos e com os oficiais médicos sobre a forma correta de terapia e, nas entrelinhas das cartas escritas em papel quadriculado, manifestava sua esperança de talvez logo ser enviado de volta a Roma, para receber um tratamento melhor para a perna,

lá onde ela, com suas pernas saudáveis, só um pouco ofegante e com um criança que se revirava em seu corpo, começava a galgar a ladeira, como se ela pudesse andar no lugar de Gert, que não podia andar muito, passando por uma loja aberta onde se consertavam bicicletas, e por um carpinteiro grisalho que acabava de abrir a porta de sua oficina e dirigiu a ela um olhar demorado, surpreendentemente amigável,

ela precisava do marido a seu lado e depositava todas as suas esperanças na perna doente, ambos esperavam, sem poder dizer isso abertamente, que a ferida ficasse de tal maneira que devesse ser tratada em Roma ou em algum hospital militar na Itália, mas que não se agravasse a ponto de se tornar realmente perigosa,

os médicos achavam que se tratasse de uma inflamação de tecidos celulares, não sabiam com que remédios curá-la, as glândulas se inflamavam mas era possível suportar a doença sem dores desde que ele pudesse permanecer sentado em seu escritório, a doença não piorava, tampouco melhorava, ele só precisava trocar o curativo todos os dias e passar uma pomada, não podia se mexer muito nem visitar as esplêndidas ruínas romanas perto de Túnis, como faziam os seus camaradas, havia pouco tempo, mais de um ano depois da invasão da Rússia, ele recebera a mais humilde de todas as medalhas, a *Ostmedaille*, por causa da doença da perna, uma medalha que era tão insignificante que só seria entregue em algum momento após o término da guerra, pois o metal necessário para a sua confecção era necessário para alguma outra finalidade agora, por enquanto ele recebera apenas uma carta de concessão e uma fitinha,

na verdade a perna com a ferida infeccionada deveria ser tratada num bom hospital, mas enquanto ele ainda era capaz de se sentar, de datilografar e de telefonar em Túnis, seus superiores não queriam deixá-lo ir embora, não se podia ser tão egoísta por causa de uma perna com a qual ainda se podia caminhar mais ou menos e ficar sentado, deixar na mão os companheiros que estavam na Rússia e na África, privar o exército de mais um homem, e, ela sentia a ameaça avassaladora de tais pensamentos indesejáveis, com isso talvez pusesse em perigo a vitória, a vitória das forças do Eixo,

por outro lado, se a perna sarasse em algum momento, quem sabe ele não seria despachado para a Rússia ou para algum outro *front* terrível, seria o fim da sua proteção no escritório, num casarão num bairro afastado de Túnis onde só raramente caíam bombas, mas *o inimigo não era tolo a ponto de lançar bombas em bairros residenciais,* talvez fosse melhor para ele, quem sabe, ficar por enquanto na costa africana, *em relativa segurança*, para onde ele fora convocado e chamado, onde ainda podia se dar ao luxo de assar uma vez por semana uma salsicha enlatada, numa cozinha de verdade com fogão a gás, quem é que podia se arrogar o direito de decidir uma coisa dessas, não se podia desejar demais nem esperar demais, *está tudo nas mãos de Deus, queremos ter paciência e confiar tudo a ele,*

ela dizia a si mesma, quando se confundia em seus pensamentos, agora repetia essas palavras mais uma vez para se acalmar e para resolver as questões complicadas dos prós e contras do assunto da perna, pelo menos por enquanto,

ainda faltavam alguns minutos para chegar à Via Sicilia, ela olhou a travessa que descia à direita e levava à fonte do homem-peixe, daqui de cima avistava-se pelo lado o homem-peixe de mármore, que ela observara tantas vezes com curiosidade desamparada, a água brotava da concha que ele segurava e jorrava, *o jato se ergue e inunda ao se derramar*, mas não era essa a fonte à qual o poeta se referia, qual seria a *fonte romana* da qual o poeta falava,

por que havia tantas imagens pagãs estranhas na capital da Cristandade, como a deste homem-peixe, a do homem-pássaro, os deuses com os garfos, por que nos postes das luzes de rua e em todas as tampas de canalizações estava escrito S.P.Q.R., às vezes com pontos entre as letras, às vezes sem pontos,

era alguma coisa latina, Gert tinha lhe explicado, mas ela também tinha esquecido isso e não ousava perguntar uma coisa tão banal a Frau Bruhns, quem é que haveria de acreditar nisso na Alemanha, palavras em latim em tampas de canalização de ferro fundido, sobre as quais ela pisava cem vezes por dia, sobre o ferro confiável com as letras maiúsculas S, P, Q, R, estranhos caminhos sobre mais de dois mil anos,

ela percebeu que alguma coisa em si se revoltava contra aquilo, que ela precisava, o tempo todo, que precisava sempre voltar a cortar, por meio da fé e por meio da razão, o sentimento de saudade, porque durante a guerra os sentimentos eram proibidos, ninguém tinha o direito de mostrar sua alegria, o luto tinha de ser engolido, assim como um soldado, era-se obrigado a ocultar e a manter em segredo a voz do coração,

e a saudade daquele que poderia responder àquelas perguntas, que poderia aliviar suas dúvidas e apontar a sensibilidade adequada para os milhares de particularidades desta cidade atraente e repelente no esplendor luminoso de suas cores mutáveis e surpreendentes, ela sabia bem demais, quem poderia reerguer os escombros do Foro, completar as lacunas das ruínas dos palácios e dos templos, traduzir o idioma das pedras, quem poderia dar vida à multidão conspícua de fragmentos do passado, explicar as imagens e esculturas dos deuses com garfos e dos homens-peixes, reconciliar com frases sensatas as contradições entre o pagão e o cristão, mesmo em esquinas comuns, como aqui onde os olhos podiam escolher entre a Via Veneto, abaixo, à direita, com sua fonte, ou um jardim de palmeiras, cercado, silencioso, diante de uma igreja de monges irlandeses, à esquerda,

ela não podia deixar transparecer a saudade, isso não ficava bem para a mulher de um soldado alemão, que tinha o dever de aguardar pacientemente no seu lar, primeiro pela vitória final, em seguida pela volta do marido,

mas ela não estava no lar, ela estava numa terra estranha e levava uma criança dentro de si, ela mesma se lançara naquela aventura, deixara para trás seu lar e seus pais e seguira o marido sem suspeitar que Deus tivesse outros planos para ela, ninguém poderia esperar que ela andasse por terras estranhas com o coração alegre,

mas em teu medo e em tua aflição sempre podes buscar refúgio no coração de Deus, podes chorar até saciar-te e sempre voltar a pedir a Ele para conceder-te um cora-

ção firme, e que tudo, tudo mesmo, que vem das mãos Dele, até mesmo as coisas mais difíceis, deve servir ao melhor,

ela não se lamentava, lamentar-se era algo que ela não pretendia, ela estava *infinitamente bem*, só estava tentando seguir o conselho que ele lhe dera, em sua escrita cursiva inclinada que não era fácil de ser lida, *aproveite para absorver tudo o que Roma tem de belo para oferecer*, e em meio a lágrimas secretas ela voltava sempre a perceber que aquilo era muito mais difícil do que ele achava, porque, de tanto amor, ele a superestimava e não queria entender como ela se sentia desamparada nesse labirinto do passado, era passado demais de uma só vez,

e por isso a saudade voltava sempre a brotar nela, como uma flor que se abre antes da hora, uma saudade que era mais forte do que a razão e do que os comandos militares, e nem tudo o que seu coração lhe sussurrava podia ser desviado ou acalmado no mesmo instante com a crença *Nele, que dirige tudo e que faz tudo certo,*

na calçada um homem trajando uma camisa negra bloqueava a passagem, ele apoiara a bicicleta sobre o assento e o guidão, no solo, e tentava recolocar sobre a engrenagem a corrente que se soltara, e aparentemente não conseguia fazê-lo, ele olhava os dedos manchados de graxa e praguejava, então olhou para ela como quem é pego fazendo algo que não deve, e praguejou mais uma vez, ela descreveu um arco em volta dele,

o que a acalmava era a natureza, o verde em janeiro, as palmeiras, os ciprestes, os pinheiros e os agaves num terraço elevado atrás de um muro de quatro ou cinco metros de altura, ela caminhava embaixo, pela rua, sob os galhos destas árvores imponentes, o muro deveria ter mais de um metro de largura, para poder suportar todo aquele peso,

ela passou para o lado direito da rua, não porque tivesse medo de o muro vacilar, mas para poder ver mais do esplendor verde que rodeava aquele casarão de vários andares, alegre com o amarelo das mimosas,

até que, na esquina seguinte, chegou a uma casa cuja fachada ocre era enfeitada por quatro anjinhos de pedra, quatro meninos gorduchos e alados que pendiam da frente da casa, dois apoiavam e emolduravam um brasão sobre o qual estava gravado o ano de 1889, abaixo dele havia um laço do qual pendia outro menino com a cabeça voltada para baixo, que segurava nas mãos uma guirlanda do dobro de seu próprio tamanho, com frutas, repleta de uvas, laranjas, limões, maçãs, de pedra, sobre as quais se equilibrava o quarto menino, o relevo ocupava desde o quarto até o segundo andar da casa, chegando à altura da balaustrada de um terraço que se parecia com uma rede para aqueles ousados acrobatas, uma imagem alegre, quatro anjinhos que, exercitando-se e dançando em sua nudez infantil, com os órgãos sexuais pontiagudos expostos livremente, também tinham algo irritante,

ela não era capaz de reprimir o pensamento de que, em cerca de três semanas, veria qual era o sexo da sua criança, não queria pensar tão claramente naquilo nem perturbar sua gratidão pelo milagre que crescia e frutificava em seu interior com desejos egoístas e supérfluos, se filho ou filha, também era a vontade de Deus, cada filho uma dádiva, estavam de acordo quanto ao nome para menina tanto quanto ao nome para menino,

e ela subiu a rua à esquerda, passando diante do Palácio do Confeiteiro, que se erguia, íngreme, com sua fachada carregada de semiesferas, colunas, vigas, nichos e estátuas, cujo telhado se destacava no azul suave do céu de um fim de tarde de inverno, com vastas balaustradas e torres com vasos, na maior parte das janelas as persianas de um verde opaco estavam abaixadas, talvez o palácio não estivesse habitado ou fosse difícil aquecê-lo, dizia-se que muitos dos romanos ricos tinham se retirado para suas propriedades rurais por causa dos alarmes antiaéreos e por causa da carestia de alimentos, a casa dos anjos era de 1889, quase o ano em que nascera seu pai, que consideraria indecentes os meninos nus esculpidos em pedra e que dificilmente suportaria o encontro com um sujeito uniformizado, um fascista de carteirinha, praguejando em voz alta diante da corrente da sua bicicleta, e a vista do luxo daquele casarão e da Via Ludovisi, pela qual agora ela entrava,

ele que passara a infância em pobreza e vivia em pobreza, tão disciplinado em sua gratidão a Deus, senhorial em sua modéstia, para poder criar seis filhos e educá-los como bons cristãos, algumas vezes ela tentara imaginar seu pai em Roma, mas um capitão de corveta reformado e um missionário rigoroso em sua crença como ele combinava ainda menos do que ela com este exagero católico de beleza sensual,

em especial com esta região em torno da Via Veneto, com seus hotéis, restaurantes e cafés gigantescos, de preços exorbitantes, menos ainda trajando seu uniforme da Marinha, que ele portava novamente desde 1939 para inspecionar os navios recém-construídos ou recém-reparados em Kiel, antes que fossem despachados com os soldados mais jovens para as batalhas navais, embora sua presença não fosse chamar a atenção neste bairro com seus hotéis e restaurantes porque alguns órgãos do exército alemão estavam sediados aqui, e às vezes viam-se oficiais alemães, um homem de casaco cinzento estava diante de uma loja de sapatos caros, limpava os óculos, mas parecia olhar mais para o vidro reluzente da vitrine do que para os sapatos ou para os óculos, talvez fosse um espião, ela pensou, *o inimigo está ouvindo*, mas qual será a cara dos espiões, talvez um inglês, um americano, que cara terão os ingleses, os americanos, era melhor seguir adiante logo,

e assim como seu pai, ela não conseguia passar diante dos casarões com bases de colunas solenes, terraços imponentes e ornamentos opulentos, cujas janelas ostentavam bordas salientes, sem se perguntar quem podia ou ainda podia se dar ao luxo de morar aqui, de comer aqui ou de beber o café de preço exorbitante, pecaminoso, que não se conseguia mais em lugar nenhum,

mas ela era obrigada a admitir que isto era só uma suposição, um preconceito, talvez aqui, por trás das janelas enfeitadas com flores, ou sob a torre com uma cúpula do Hotel Excelsior, em direção ao qual ela caminhava, só se tomasse chá ou suco de laranja ou vinho ou o mesmo substituto de café que se tomava em outros lugares, só que em xícaras nobres, com bordas douradas,

cada vez que ela ia andando até a igreja, preocupava-se com o enigma de quem ocupava todos os hotéis no quarto ano de guerra, para quem os porteiros uniformizados, sempre prestativos, com o orgulho de suas cores e de seus galões, abriam as portas e assoviavam chamando táxis, já não havia turistas estrangeiros, os ricos estavam morando no campo, só sobravam homens de negócios, militares e figurões do partido, da Alemanha, da Itália e do Japão, e talvez também os espiões,

ao atravessar a Via Veneto ela olhou rapidamente para a direita, por onde a rua descia, descrevendo curvas elegantes, em direção à fonte do homem-peixe e à fonte das abelhas, e lançou um olhar demorado para a esquerda, em direção ao fim daquela rua de esplendor, junto aos portões da antiga muralha de Roma, um brilho distante de honra e de solidez impregnava o marrom-avermelhado dos tijolos antiquíssimos,

um muro que, conforme Gert lhe contara uma vez, tinha sido construído para proteger os romanos de nós, os bárbaros, os germânicos, mais ou menos na mesma época em que se passava o drama *Uma luta por Roma*, de Felix Dahns, que ela lera por recomendação de Gert enquanto se preparava para sua estada em Roma, hoje as muralhas não eram mais necessárias, hoje os romanos e os germânicos estavam solidamente aliados num mesmo eixo contra o restante do mundo hostil,

e no caminho Via Veneto acima, passando pelo Hotel Excelsior, damas e cavalheiros elegantes e jovens maquiadas a encontraram na calçada larga, e ali, tão perto dos enigmas da riqueza que se ocultavam por trás das paredes do hotel, quase tocando-os, ela sentiu a felicidade de uma profunda gratidão por não ser aquele o seu mundo, por ter um homem a seu lado que não se impressionava com nada daquilo, por ter um pai que lhe ensinara o valor da modéstia,

pois ele mesmo sempre tivera uma vida difícil, o terceiro filho em uma propriedade rural da província de Mecklenburg, até o dia em que seu pai caíra de um cavalo assustado com uma tempestade e não pudera mais trabalhar, ficando inválido, na cadeira de rodas, e tivera de vender a propriedade, sobre a qual, de qualquer maneira, já recaíam dívidas, e morrera pouco tempo depois, enquanto sua mãe, melancólica por causa da tristeza causada por esse acidente, fora internada numa instituição para doentes mentais e passara o resto da vida aprisionada ali,

ele e os dois irmãos, um depois do outro, assim que completaram a idade de dez anos, foram internados numa instituição de formação de cadetes e treinados para ser soldados até o dia em que ele, o mais jovem, por ser extraordinariamente pequeno, quis provar que era o mais corajoso de todos e se comprometeu com a Marinha, conhecida por sua dureza, e, trajando o uniforme azul-marinho, galgou a hierarquia naval até o posto de capitão de submarino, quando começou a guerra mundial, afundou navios para seu amado Kaiser e viu, com a consciência amargurada, os marujos dos cruzadores e das fragatas dos inimigos, que naufragavam, afundarem no mar, e sobreviveu a todos os ataques, enquanto muitos de seus melhores companheiros morreram afogados, um dos irmãos morreu como aviador militar, na queda da sua aeronave, e o outro caiu nas trincheiras de lama na França, e ao fim ele ficou não só sem família e sem Kaiser, sem o qual a sua vida perdera o sentido, mas também sem profissão,

casado, um filho, logo dois, e falhou como assistente de jardinagem tanto quanto como aprendiz da Companhia de Seguros contra Granizo e Incêndio de Mecklenburg, e ficou gravemente enfermo, com uma paralisia inexplicável, até que Deus o salvou e fez dele um pregador itinerante, que se esforçava em conduzir as pessoas ao caminho da crença por meio da força de sua voz de capitão, em conferências como *O que é o amor?* ou *O mais profundo dos valores humanos* ou *Como lidar com a vida*, e que aqui,

em meio ao brilho da Via Veneto, às perfumarias, joalherias e nobres alfaiates, não teria visto nada além de pecados, e talvez de todas as coisas de Roma a única que o alegrasse fosse a pintura que retratava a conversão de Paulo na igreja de Lutero, na Piazza del Popolo, porque conversão e vocação, Jó e Paulo eram os temas centrais de sua vida, porque ele saberia associar a queda de Paulo do cavalo com a queda de seu pai do cavalo e a Bíblia com a vida, e derivara daí seus ensinamentos, e

ela também, como segunda filha, às vezes se sentia evangélica demais ou alemã do norte demais ou jovem demais na cidade chamada de eterna, como se houvesse algo ali que contrariasse sua natureza, e depois surgia o sentimento de que não era certo ela, uma alemã, ficar, em meio à guerra, passeando por entre os romanos, andando sobre as tampas da canalização com as letras SPQR e GAS e sobre as pedras negras de basalto do calçamento, só porque estava à espera de seu marido,

talvez não fosse certo pisar em todo aquele país belo e estrangeiro, nem medi-lo com passos militares ou transformá-lo num ruidoso campo de exercícios militares, como faziam os oficiais alemães com uma naturalidade quase desafiadora, aqueles que posavam para fotografas diante do Coliseu ou das ruínas do Foro ou se sentavam aqui na esquina, no Café Doney, como se quisessem ficar aqui para sempre, e que pareciam sentir-se bem ao entardecer, diante de um copo de vinho ou de cerveja, como se fossem eles os senhores aqui, não hóspedes,

por suas roupas, gestos e postura, podia-se reconhecer também, de passagem, alguns italianos elegantes sentados junto a algumas das mesas, como em toda parte, nunca mais do que quatro pessoas, isso era algo que no começo lhe causava admiração porque os italianos sempre lhe tinham sido representados como um povinho gregário, que gosta de se sentar em longas mesas para comer e beber alegremente, acompanhado por músicos de rua com bandolins,

até que Ilse lhe explicou que Mussolini decretara uma lei determinando que nunca mais do que quatro pessoas podiam se sentar à mesma mesa num café ou num restaurante, evidentemente porque se temia que, em meio a grupos maiores, pensamentos conspiracionistas pudessem surgir,

a guerra exigia tantas regras das pessoas, que certamente eram necessárias no sentido de manter a ordem e a disciplina, pessoas desocupadas eram indesejáveis, mesmo assim via-se ali gente que parecia desocupada, a maquiagem era considerada imoral, ainda assim viam-se naquele bairro mulheres maquiadas,

talvez houvesse simplesmente leis e determinações em demasia, com quantas pessoas a gente podia se sentar à mesa, como a gente tinha de saudar e como tinha de se vestir e se comportar, quem se deveria odiar e quem esperar, o que se deveria comer e o que se deveria ler e ouvir e saber, ainda assim os italianos, antes, tinham sido devotados ao seu Duce, tinham-no seguido jubilantes, com bandeiras, marchas e conquistas nas primeiras batalhas da guerra, tão entusiasmados quanto os alemães com seu Führer, ainda por cima por quase o dobro de tempo dos alemães,

já havia mais de vinte anos que eles compartilhavam da ascensão de seu país rumo a um império e do orgulho dessa ascensão, admiravam as bênçãos uniformizadas do fascismo, desde a construção de apartamentos até a pontualidade dos trens e a tranquilidade e a ordem das ruas sem mendigos e sem inválidos, até mesmo na Via Veneto dos ricos,

mas a guerra, dissera outro dia Frau Bruhns, *começa a pesar demais com o tempo, a guerra só agrada às pessoas enquanto é jovem, para os italianos a guerra é feminino,* la guerra, *para nós, em alemão, é masculino, e só as mulheres jovens são admiradas, a senhora entende o que eu estou dizendo,*

e então Frau Bruhns não disse mais nada e a ideia de que a guerra era feminina ficou pairando no ar sob os pinheiros de Ostia Antica, evidentemente ela também não disse nada, de qualquer maneira ela costumava falar pouco, ainda mais com pessoas tão cultas, ela nem saberia o que acrescentar a essa observação, nem o que poderia perguntar a respeito, o guerra ou a guerra, ela entrou pela Via Sicilia, sentia-se incomodada pelo pensamento de que não havia mais ninguém que gostasse da guerra, que infelizmente ainda não tinha sido ganha, mas que por sorte ainda não tinha sido perdida, mas provavelmente já fazia muito tempo que as pessoas estavam cansadas das sempre novas baixas, separações e regras, das ordens, dos alarmes, das ameaças, das dores, da insônia, do racionamento e do abastecimento que piorava mês a mês,

mas não se podia pensar assim, principalmente ela, uma alemã, mulher de um soldado que estava lutando na África, não poderia pensar assim, de maneira nenhuma poderia pensar tanto, ela tinha de conduzir a criança até o nascimento, tinha de protegê-la e alimentá-la, esta era sua missão, a mais bela missão de uma mulher,

já tinha quase chegado ao seu destino, faltavam só duas esquinas até a igreja para a qual ela se dirigia como fazia todos os domingos, a ilha de salvação no oceano romano, onde se sentia ao abrigo de todas as tentações, dentre as quais também estavam estes pensamentos teimosos

dos quais o melhor seria se livrar o quanto antes, e que talvez só tivessem chegado a ela porque, além das irmãs diaconisas, das quatro ou cinco senhoras da colônia alemã e da congregação, só tinha Ilse para conversar, que alegava conhecer bem os romanos de hoje em dia, com suas histórias de cozinha e de lavanderia, e que preferia falar a respeito de cometas, que neste mês de janeiro podiam ser vistos na constelação da Ursa Maior e que deveriam ter algum significado para o futuro, do que se manter atenta, em humildade cristã e em fidelidade a Deus, por exemplo ao lema do mês de janeiro, *passai pelo portão estreito*, isto era uma mensagem mais clara do que a das estrelas e dos cometas,

no início da Via Sicilia, duas casas atrás da Via Veneto, o anúncio de uma apresentação da Ópera Estatal de Berlim no Teatro Reale romano, de março de 1941, estava grudado numa parede esquecida, com suas letras negras desbotadas pelo sol e pela chuva, agora cinzentas, *Orfeo ed Euridice*, de Christoph Willibald Gluck,

aquele velho anúncio sempre voltava a lembrá-la, quando ela passava por ali a caminho da igreja, dos dias que antecederam seu noivado, em outubro de 1940, quando Gert e ela tinham assistido a *Orpheus und Euridike* na ópera de Kassel, e tinham ficado tão comovidos pela música serena que depois ficaram cantarolando a melodia, *Ah, eu a perdi, toda a minha felicidade se foi*, quando tinham acabado de se conhecer e ainda podiam tomar tudo como uma brincadeira e ainda podiam fazer graça com separações,

março de 1941, há menos de dois anos, quatro meses antes do casamento, antes da guerra na Rússia, antes da guerra na África, tudo aquilo lhe parecia infinitamente longe, quase como os tempos de paz, e por isso ela sempre voltava a se alegrar ao ver que o anúncio ainda estava ali, que ainda não tinha sido arrancado, que nada tinha sido colado por cima dele, e ainda despertava a lembrança da sua felicidade, do início de sua felicidade que perdurava ainda, e

com passos satisfeitos ela se dirigia à igreja, não dava mais atenção às vitrines, aos restaurantes vazios e às pessoas pelas quais passava, dirigia-se à igreja cuja fachada, visível de lado, com clareza maior a cada passo, se erguia acima do perfil das casas vizinhas enfileiradas ao longo da rua, ela só sentia falta do soar dos sinos, por que não soavam também num concerto de igreja,

com passos satisfeitos, como os que sempre dera, no passado, ao ir para as aulas de Bíblia e os serviços religiosos, exceto entre os treze e quinze anos de idade, quando se entusiasmara pelo BDM, quando o manual *Meninas a Serviço* empurrara para segundo plano o livro de cânticos e as escrituras cristãs, e ela, ainda assim,

tinha dado ouvidos ao chamado de seu pai e aos dos sinos e celebrara sua confirmação na fé protestante em Doberan, já mocinha, ingressando na Escola de Formação de Donas de Casa, em Kassel, e no Instituto de Formação em Puericultura, em Eisenach, às vezes amedrontada, às vezes insatisfeita consigo mesma, como quando servira como ajudante de cozinha no Hospital de São Lázaro, em Berlim, mas só raramente os portões da igreja lhe pareciam muito estreitos e os bancos duros demais, e nas canções, nas liturgias e nos sermões ela sempre conseguira encontrar algo edificante, uma palavra de consolo ou um verso e um coração mais firme,

e se sentia fortalecida por um contraponto à postura anticristã das líderes do BDM e do próprio Führer, que, conforme seu pai e Gert às vezes davam a entender, cuidadosamente, fizera o erro de se colocar acima de Deus, ou de se arrogar o direito de ser honrado como um Deus, e de exagerar a tal ponto sua crença na raça e na superioridade da *comunidade do povo alemão,*

Você não é nada, seu povo é tudo!, que as doutrinas populistas contradiziam cada vez mais os mandamentos de humildade e de amor ao próximo, e sempre voltavam a desencadear novos conflitos de consciência entre os jovens como ela,

sem a igreja e sem seus pais, seguros em sua fé, e sem alguns pregadores corajosos, ela não teria suportado os conflitos diários entre a cruz e a cruz gamada, entre a *comunidade altruísta* do BDM, da Liga das Meninas Alemãs, e a *comunidade altruísta* dos cristãos, e não teria conseguido encontrar o difícil equilíbrio entre as horas maravilhosas junto às fogueiras, em companhia das diligentes meninas uniformizadas, os fantásticos jogos de campo e as noitadas em comunidade, as aulas de canto e as atividades de educação física, as aulas sobre a ciência das raças, costumes do povo, primeiros socorros, biologia, a dedicação ao Serviço ao Povo e à Pátria, de um lado,

e as aulas de Bíblia que sua mãe dava em casa a uma dúzia de meninas da sua classe e da classe da sua irmã, a doutrina cristã e a voz firme de capitão de seu pai, de outro lado,

com a qual, de preferência logo cedo de manhã, ele entoava seu *Louvai ao Senhor, ao poderoso Rei das Honras* ou *Uma fortaleza segura é o nosso Deus*, opondo-se aos perigos, às tentações e aos sofrimentos do mundo, e que sabia sempre defender-se com cânticos, e a quem, ao que parecia, *ainda que o mundo estivesse cheio de demônios*, nada mais poderia assustar,

desde que, por causa do desespero gerado com o fim do império e das revoluções de trabalhadores bolchevistas depois da guerra, ou por causa de algum vírus traiçoeiro, ele se viu tomado primeiro por transtornos no caminhar, depois por uma paralisia das pernas e da fala, uma doença inexplicável, com febre alta por dias a fio, já desenganado pelos médicos, até que, finalmente, a paralisia melhorou e desapareceu cerca de meio ano depois, período no qual ambos, sua mãe e seu pai, se deram conta de que o seu cristianismo tinha sido, até então, mera formalidade e não uma crença verdadeira, a partir de então passaram a rezar juntos em voz alta, a cantar e a louvar a Deus, que salvara o pai dos mais terríveis sofrimentos de maneira milagrosa, como já ocorrera anteriormente com Jó,

e assim, depois de todas essas provações, a vida de seu pai se tornou um serviço religioso ininterrupto, e ele mesmo se tornou um pregador, que se dirigia aos trabalhadores, aos comunistas e aos nazistas nas reuniões para dissuadi-los de suas ideias políticas e conquistá-los para a salvação celestial, e nos salões das cervejarias, nas tendas e nas igrejas, dirigia sua mensagem missionária ao povo, tentando conduzi-lo em direção ao único caminho certo, de manhã atendimento individual, à tarde aulas de Bíblia, à noite conferências, até que os novos detentores do poder proibissem esse trabalho pouco tempo depois da Olimpíada,

com passos satisfeitos ela se dirigia à igreja, que para ela significava muito mais do que os outros lugares de difusão da fé que ela visitara anteriormente, porque este era o único lugar de Roma, além do lar das diaconisas na Via Alessandro Farnese, onde não só ela era capaz de compreender cada palavra, mas também ansiava por cada palavra e a saudava, onde as pessoas se dirigiam a ela na língua que conhecia, no alemão que aquecia seu coração e sua alma, das canções, preces e bênçãos ela extraía forças para a vida cotidiana e

forças para poder suportar a separação do homem que, na verdade, deveria estar realizando suas tarefas aqui, deveria estar falando com sua voz ali, diante do púlpito, se não houvesse guerra, ou se ao menos houvesse uma guerra mais moderada, na qual não se precisasse de um teólogo para servir como cabo em escritórios na África,

e por isso o consolo que ela recebia ali valia duas ou três vezes mais, sem o evangelho luterano ela não poderia suportar Roma e, apesar dos estímulos do dr. Roberto, *caminhe, jovem senhora, caminhe*, mal poderia deixar a casa, quase tão paralisada quanto o seu pai estivera no passado, era exatamente isto que ela sentia, e sem as novas energias recebidas ali, semana após semana, ela não teria sido capaz de se lembrar do Castelo de Wartburg durante as andanças por Roma,

nem da conhecida Catedral de Doberan, cujos contornos apareciam à sua frente agora, nos últimos metros do trajeto, o tom caloroso de seus tijolos vermelho-claros, a música das janelas altas e majestosas, a fileira de arcos íngremes no mais esbelto gótico de

Zisterz, o telhado de ardósia com a torre pontiaguda como um lápis, a catedral ficava em meio ao verde da paisagem, em meio aos prados e às árvores e aos muros semidestruídos do claustro, em meio ao ar transparente do mar do Leste,

à qual ela se dirigira, de braço dado com o homem amado, descrevendo um grande arco, ela com seu vestido de noiva, ele trajando um *smoking* alugado, toda a grande família atrás deles, ela gostaria de poder sentir a pressão e o calor do braço direito dele ali, na Via Sicilia, diante da Igreja de Cristo, como sentira daquela vez, no cortejo nupcial, enquanto se dirigiam ao portal do sul,

quando tudo estava bem e a vontade de Deus era a mesma que a dela, seguir este homem aonde quer que ele fosse, depois de lhe dizer o "sim" junto aos quadros que representavam os regentes de Mecklenburg, junto às colunas com ornamentos coloridos e o gigantesco crucifixo, naquela igreja secular, cuja beleza libertadora ela conhecia bem desde a infância, com as esculturas de madeira singularmente expressivas e impressionantes que representavam figuras bíblicas no altar principal, com os leões nos bancos enfileirados e as figuras nuas de Adão e Eva com a cobra coroada,

desde então, às vezes lhe parecia fortalecer-se a cada visita que fazia à igreja, em Doberan ou em Roma, aquele "sim" que ela lhe dissera um ano e meio antes, quando a ordem de *se preparar para a marcha* já fora dada, e quando todos os convidados já sabiam que,

pouco depois da noite de núpcias, ele teria de partir para conquistar a Rússia, para conquistar Moscou, e metade da família temia, em silêncio, em breve já ver a noiva como viúva aos dezenove anos de idade ou, se o destino fosse clemente, aos vinte, precipitando-se do branco ao preto como tantas outras,

e agora ela o acompanhara àquele lugar estrangeiro e amigável, espectadores do concerto chegavam ao cruzamento da Via Toscana, diante da igreja, sozinhos ou aos pares, alguns a saudavam com um gesto de cabeça, outros, como Frau Fondi, Frau Heymann e Frau Toscano, que a conheciam melhor, lhe estendiam a mão, mas não Frau von Mackensen, a esposa do embaixador, que acabara de desembarcar de um Mercedes negro e que a ajudara a conseguir um visto para a Itália, segundo lhe dissera Gert, e da qual ela sempre sentia um pouco de medo, porque o embaixador era um homem muito importante,

a maioria das pessoas olhava com reconhecimento para sua barriga protuberante e sorria para ela, que era conhecida porque seu marido era conhecido aqui, agradava às pessoas saber que uma mulher alemã logo haveria de dar à luz uma criança alemã na Via Alessandro Farnese, todos eram gentis com ela, todos estavam em paz sob a imagem de Cristo, que aguardava os que se dirigiam à igreja, flanqueado por Pedro e por Paulo, e que parecia dizer *Vinde a mim todos os fatigados e sobrecarregados*, enquanto ela olhava à sua volta em busca da irmã Luise e da irmã Ruth, que deveriam acompanhá-la no caminho de volta, e ao lado das quais ela queria se sentar, e subitamente,

como se tivesse ouvido um chamado ao longe, ela olhou para trás, em direção à Via Veneto, para o céu do entardecer por sobre o vale de ruas, os terraços ajardinados, e o halo dourado e vermelho sobre as nuvens do céu avermelhado, no Ocidente, não era um olhar para o sul, para a África, mas ela tinha certeza de que, naquele instante, Gert também olhava em direção ao crepúsculo, com os mesmos pensamentos que ela, e então ela começou a

galgar os degraus da escadaria, outra vez apertando mãos na antessala e recebendo bons votos, até de pessoas que só conhecia de vista, e lhe parecia que elas queriam alimentar um pouco suas próprias esperanças ao cumprimentarem a mulher grávida naqueles dias difíceis de baixas,

enquanto duas meninas, que provavelmente estavam se preparando para a confirmação, distribuíam o programa do concerto, que na verdade deveria ter sido realizado no dia 8 de novembro, mas que tivera de ser cancelado no último instante porque o cantor de oratórios Albrecht Werner, de Stuttgart, não conseguira chegar a Roma a tempo por causa dos intensos bombardeios sobre o trecho ferroviário perto de Innsbruck, de maneira que o concerto tivera de ser adiado para aquele sábado, com os programas velhos, datados de 8 de novembro de 1942,

e ela entrou na igreja e primeiro pôs-se à procura das toucas brancas das diaconisas, a igreja estava bem cheia, na primeira fila ela reconheceu Frau von Bergen, a esposa do embaixador junto ao Vaticano, a quem ela já fizera uma visita de cortesia, por todos os lados as pessoas procuravam conhecidos e amigos, e dentro da igreja continuavam os apertos de mão e acenos de cabeça,

as duas irmãs já estavam sentadas, era fácil reconhecê-las por suas toucas, elas tinham deixado um lugar reservado para ela nas fileiras intermediárias, e por fim, depois de quase uma hora de caminhada sem pressa, ela pôde se sentar, sentar-se cuidadosamente e apoiar o peso que carregava em seu corpo, logo sentiu tal alívio nas pernas e nos pés, nos ombros e na coluna vertebral sobrecarregada, que deu um suspiro que provocou um olhar preocupado da irmã Luise,

não, ela disse, e desabotoou o casaco, não foi nada demais, *caminhe, jovem senhora, caminhe*, cada passo, cada um dos passos fora dado com prazer, porém um trecho mais longo teria sido demais, aquela era a medida justa, ela não se sentia cansada, apenas desejava sentar-se, finalmente, e poder respirar mais relaxada, nada além disso, estava tudo certo, estava tudo bem, ela começou a se alegrar com o órgão, com o coro, com o cantor e com o quarteto de cordas,

enquanto olhava para a frente, para as pedrinhas reluzentes do nicho do altar, no qual Jesus estava sentado sobre um planeta azul e sobre um arco-íris, como se estivesse sobre um trono, erguendo a mão direita para abençoar, segurando na mão esquerda uma tabuleta com as letras Alfa e Ômega, vestido com um traje dourado e branco, com muitas pregas, uma figura poderosa diante de um fundo de estrelas de mosaico douradas, reluzentes, rodeado por uma coroa oval de ornamentos de flores,

era como se o Salvador ordenasse silêncio lá do alto com os olhos e com os gestos, ninguém mais sussurrava, ninguém mais se mexia, o pastor Dahlgrün adiantou-se e saudou os presentes, falou dos transtornos da guerra e da gratidão, e disse que este concerto hoje era oferecido à comunidade como um presente, ele foi breve em suas palavras, evitou as frases do serviço religioso, tampouco recitou o pai-nosso,

talvez ele não quisesse perturbar os amigos da música, italianos, católicos, que tinham vindo por causa da rara oportunidade de uma vez voltar a ouvir um quarteto de cordas de Bach ou de Haydn, ou apenas e simplesmente ouvir música por uma hora, música alemã, música barroca, sobretudo, instrumental e vocal, talvez desta vez o pastor simplesmente quisesse deixar o ensinamento a cargo das harmonias do coral, dos solistas e dos instrumentos de cordas,

pois já quase não se realizavam concertos, à noite não, por causa dos alarmes antiaéreos, e à tarde não, porque as pessoas tinham outros afazeres, certa manhã em dezembro ela mesma tivera a sorte de ouvir *O Cavaleiro da Rosa*, Frau Heymann tinha lhe oferecido um ingresso especial destinado à imprensa, para o ensaio geral, infelizmente a música era cantada em italiano, de maneira que ela não pôde compreender nada, mas ainda assim se sentiu agradecida pela experiência musical e pelas belas vozes,

a irmã Luise também dissera que é um milagre que este concerto se realize, quem sabe quando teremos outra oportunidade como essa, um milagre que desta vez não tenham lançado bombas sobre a ferrovia, um milagre que ainda se reúnam corais e quartetos de cordas para ensaiar, e que se comprometam com apresentações como aquela, sob a direção de Frau Fürst, que também tocava órgão e que era a responsável pela atividade musical da comunidade,

e com força total, quase assustadora, o órgão começou a soar, suas notas pareciam penetrar na alma e no corpo dos presentes, depois preencher o espaço da igreja com uma ordem serena, que dominava tudo, que até despertava a criança em sua barriga, que começou a se mexer como se quisesse acompanhar a música, dançar junto com ela ou ao menos ouvir e sentir junto,

ela sorriu e se recostou, para não pensar em nada além dos movimentos da criança e dos sons do prelúdio que saltavam alegremente dos tubos do órgão, inclinou-se para trás, para relaxar e se deixar levar pelas melodias claras e pelas harmonias entrecortadas, quando este prazer se acabou, rápido demais, ela ainda tentou acalentar em seu ouvido, por tanto tempo quanto possível, o último acorde que pairava no recinto e desaparecia aos poucos,

depois de um breve intervalo o órgão recomeçou, completado pelo coro, que ficava às costas dos ouvintes na galeria, *Chamo a ti, Senhor Jesus Cristo*, ela não se voltou para trás como faziam muitos dos que estavam nas primeiras fileiras, era estranho estar num concerto em que a música vinha de trás, mas isto não era motivo para ficar olhando para trás como uma tola,

para ela, era algo inteiramente natural cantarolar juntamente com o coro, sem levantar a voz, para chamar o Senhor e pedir por ajuda, *Concede-me misericórdia nesse momento* e, nota por nota, aquilo que às vezes ela sentia, em seu íntimo, como insegurança ou como medo, seu medo romano, lhe era aliviado, *para que eu não volte a me tornar objeto de escárnio*, como uma prece suave e harmoniosa, *dai-me também a esperança*, enquanto ela

fixava com o olhar o mosaico do rosto de Jesus, que não era trabalhado com o mesmo refinamento dos mais antigos rostos de mosaicos, como os de Santa Prassede, que Gert lhe mostrara, aqui tudo era um pouco mais grosseiro e de um esplendor esforçado, ela olhou para a barba e para as mãos e os pés, que chamavam a atenção por seu tamanho, sem marcas de feridas, para as ramagens de videiras e de uvas, dos dois lados da efígie, às quais se prendiam seus pensamentos e seus desejos vacilantes e desorientados e, à direita,

para o púlpito de pedra, no qual estavam gravados em relevo os profetas e os apóstolos, e sobre a mesa, sobre uma águia, subitamente ou por fim ela compreendeu por que as esculturas, os ornamentos e as imagens de águia chamavam sua atenção o tempo todo nesta cidade, e, aliviada, ela deixou o olhar repousar sobre a tribuna,

ali onde deveria estar seu marido e onde ela nunca o vira pregar, lá as asas e a cabeça de uma águia de mármore sustentavam uma tábua de madeira escura, para exemplares da Bíblia, para manuscritos, para anotações dos pregadores, e só então e só ali ela se recordou de que a águia era um símbolo do evangelista João,

esta águia de João era mais antiga e mais significativa que todas as águias do Estado ou dos Borghese, mais antiga e mais significativa que a águia com a cruz gamada ou com os maços de gravetos, além disso mais bonita, com suas asas que suportavam, que ajudavam, que serviam, que não eram senhoriais nem retesadas nem gordas como as outras águias de pedra,

embora aqui ela não estivesse sentindo pela primeira vez o atordoamento provocado pelo lema gravado no púlpito, A PALAVRA DE DEUS CONOSCO POR TODA A ETERNIDADE, que soava quase como as palavras da fivela do cinturão dos soldados, DEUS CONOSCO, ambas estavam certas, e ainda assim, por algum motivo, não combinavam, no cinturão, a águia com a cruz gamada, no púlpito, a águia com o ramo de videira, e ela não conseguia encontrar maneira de resolver a confusão,

até que o solista, o sr. Werner, que viera de Stuttgart, subiu os degraus que levavam ao altar e, acompanhado apenas pelo violoncelo, preencheu todo o recinto com sua voz, com a ária *No mundo tendes medo*, indo ao encontro do que sentiam os espectadores, e ao mesmo tempo sabendo como consolar, com sua voz de baixo paternal e calorosa, uma voz que ela gostava de ouvir e que, apesar de seu poder consolador, a deixava intranquila e lhe despertava saudade da voz masculina, da voz de baixo que lhe faltava, ela não tinha do que se lamentar, ela não deveria sentir saudade em demasia, *quão belo seria se não houvesse guerra*, escrevera Gert em sua carta de ano-novo, *mas, em compensação à guerra, temos a grande sorte... de ter permanecido ao abrigo de todos os danos... e algumas horas belas,*

sim, aquela era uma bela hora, e ela se sentia *infinitamente bem*, ela recebia as cartas dele com bastante regularidade, tinha sua foto, desde o amanhecer até a noite ela sentia a presença dele em sua criança, e em todos os seus pensamentos e sentimentos, mas faltava-lhe a voz, aquilo subitamente se tornou claro para ela, havia nove semanas que ela não ouvia a voz dele falando, sussurrando, cantando, não era muito tempo, se comparado ao destino de outras mulheres de soldados ou ao de Ilse, mas ainda assim lhe parecia tempo demais, apesar de todo o seu controle, logo brotaram em seus olhos lágrimas contra as quais ela tentou se defender em vão,

e ainda mais lágrimas quando o baixo cantou a segunda ária de Bach, *Ainda que eu caminhe pelo vale das sombras da morte*, uma variação sobre o Salmo 23, outra vez com o violoncelo, que tocava as profundezas da alma, e suas lágrimas corriam, ela apanhou o lenço, enxugou as faces e reprimiu um soluço, para não incomodar o cantor, e não sabia o que fazer para parar de chorar, a irmã Luise a segurou pelo braço, acariciou sua mão, e ela se envergonhou por suas lágrimas surgirem com tanta facilidade, e simplesmente não queriam mais parar,

já desde a infância ela chorava mais do que seus cinco irmãos juntos, crescera ouvindo dizer que *tinha sido feita perto da água*, o que era considerado um defeito, até mesmo em meninas, desfazer-se em lágrimas e chorar por causa de coisas sem importância,

algo que nem mesmo seu pai, o capitão, era capaz de coibir com suas advertências sempre repetidas, como *poupe suas lágrimas, mais tarde você terá motivos melhores para chorar*, muito menos com gracejos como *querida Liese, não choremos, não são todas as balas que acertam o alvo*, pois como a criança que soluçava haveria de saber quantas balas voavam perigosamente pela vida e de quais era preciso precaver-se,

neste caso os consolos do salmista, que o baixo cantava de maneira expressiva, eram melhores, ou o avassalador coro final da *Paixão de São Mateus*, no qual, finalmente, não era proibido chorar, *nos prostramos com lágrimas*, pois chorar era parte do poder do luto, motivo pelo qual ela amava este trecho de Bach, que ouvira certa vez na Catedral de Doberan, como nenhum outro, como uma preciosidade, e o citava para si mesma quando se envergonhava demais das próprias lágrimas, tentando mobilizar suas defesas,

e só quando a ária terminou, com o passeio pelo salmo consolador, ao ouvir o quarteto de cordas de Haydn em dó maior, que era tocado por quatro italianos, as lágrimas cessaram, ela respirou, aliviada, o *vale das sombras da morte* tinha sido atravessado, ela conseguia outra vez controlar-se e, depois da primeira frase, vivaz e serena,

ela se sentiu aliviada e feliz, para se concentrar em alguma outra coisa lia os nomes dos músicos impressos no programa do concerto, Corrado Archibugi, Gino Giometti, Clemente Pagliassotti, Marco Peyot, ela tinha certeza de que pronunciaria errado todos esses nomes, porém isto não a incomodava,

pois agora, enquanto percorria com o olhar as preciosas placas de mármore que revestiam as paredes, o cinza, o vermelho, o marrom, o preto e o branco, e os diferentes padrões do mais nobre mármore, que fora doado pelo Kaiser Wilhelm, as cordas, no segundo movimento, lento, criavam uma atmosfera relaxada, ela começou

a imaginar um futuro sem guerra, sem alarmes antiaéreos, sem ordens de resistência, sem as diferenças difíceis de compreender entre *ordens de mobilização*, *ordens de desmobilização* e *ordens de marcha*, um futuro sem relatórios do exército, sem inimigos e sem inimizades, sem os incontáveis mortos, sem os anúncios fúnebres diários, cada vez menores, nos quais se lia *caído no campo de batalha*,

sem os jovens lá longe em países desconhecidos, sem as mães e os filhos nas cidades em chamas, sem os hospitais abarrotados, sem amputações, tiros na cabeça, membros congelados e feridas nas pernas, sem racionamentos de fome e sem carestia, também em Roma, sem as histórias deprimentes que Ilse contava das lavadeiras e das cozinheiras, sem a superstição dos cometas,

a pintar um futuro verdejante e primaveril, longe dali, no Reich, numa casa agradável com Gert, que fora órfão de guerra e nunca tivera um lar, com aquela criança, com quatro ou seis crianças, se possível numa aldeia, talvez numa casa com enxaiméis, com um jardim, em Hessen, onde ele nascera, talvez numa casa com telhado de canas em Mecklenburg, com o ar do mar, tanto fazia, só não numa cidade grande,

sobretudo paz e uma vida sem temores e sem receios, conforme o ritmo contemplativo do ano litúrgico, com órgãos e sinos e cânticos, como em Röhrda, junto a Kassel, onde o irmão de Gert tinha seu posto, onde ela tinha passado um maravilhoso mês de férias em maio do ano passado, e a imaginar noites tranquilas, sem o som das sirenes, com andorinhas ao entardecer, com um banco diante da casa, onde pudessem se sentar juntos e olhar para as crianças brincando e correndo, e, se tivessem a mais perfeita felicidade, talvez mais tarde poder ouvir exatamente este quarteto de Haydn no rádio,

não lhe era fácil imaginar tudo aquilo, ainda que os violinos, a viola e o violoncelo, com as notas rebeldes de Haydn, que soavam quase atrevidas na igreja, sempre voltassem a estimulá-la, em particular no movimento *Allegretto*, não lhe era fácil afastar-se do presente dado por Deus em saltos tão gigantescos, quase pecaminosos, já era difícil bastante ter de olhar para o passado, por exemplo para a data do dia 8 de novembro, a data impressa no programa do concerto,

naquele dia ela ainda nem estava em Roma, apenas acabara de receber seu visto e de arrumar as malas no mar do Leste, a situação ainda estava um pouco melhor nos *fronts* da África e da Rússia, em Stalingrado, um nome de cidade que agora estava na boca de todos, as cidades alemãs ainda estavam bem menos danificadas do que agora,

e este passado ainda tão recente do início de novembro, com todas as esperanças pelos *prazeres romanos*, parecia-lhe pacífico em comparação com o presente, todos os passados lhe pareciam mais pacíficos do que o presente, assim como o passeio com Gert pelo Castelo de Wartburg e o noivado em outubro de 1940, vistos de hoje, pareciam quase tempos de paz, como o casamento no verão de 1941, que ainda fora muito mais pacífico do que o outono de 1942,

e com quanta inveja talvez ela se lembraria, dentro de um ano, deste sábado de janeiro de 1943, quando ela passeava, grávida e saudável, pelo cálido inverno romano e deixava voar a imaginação enquanto ouvia o concerto, com um marido que ainda estava vivo,

não, não se podia pensar demais em tudo isso, nem esperar nem desejar demais, o futuro estava nas mãos daquele que saudava de seu lugar dourado na parede de mosaicos e apontava com delicadeza para a Bíblia, mas às vezes era preciso poder sonhar um pouco com uma vida após a guerra, a vida para a qual ela tinha sido preparada na Escola de Formação de Donas de Casa e no Instituto de Formação de Puericultoras, preparada para ser mãe e esposa ao lado do homem que lhe fora destinado,

também era preciso rezar enquanto se ouvia o alegre *Finale* no qual os instrumentos de corda ostentavam ao máximo sua arte, passar *pelo portão estreito*, ainda que o portão não fosse nem estreito nem difícil, atravessá-lo não encurvada, mas com a cabeça erguida com humildade, quando tivesse chegado ao ponto de fazer coincidir a própria vontade com a vontade de Deus, e assim, em obediência, encontrado a mais alta liberdade,

aplausos, subitamente ecoaram aplausos ao final do quarteto de cordas, na igreja não se costuma aplaudir, não na igreja evangélica, nem a organista, nem o coro, nem os cantores solistas tinham sido aplaudidos, era, antes, um costume romano-católico, bater palmas na igreja, até em enterros, mas aqui, depois dos corais e das árias, os aplausos pareciam ainda mais rebeldes do que os aplausos mundanos, muito além dos costumes de glorificar e agradecer, a música triunfava sobre as preocupações cotidianas,

e evidentemente também despertara em muitos outros ouvintes a saudade da paz, ou a fortalecera, talvez as pessoas se mostrassem agradecidas por aquele empurrão capaz de libertar suas mais caras e secretas fantasias que talvez tivessem sido despertadas pelos instrumentos de cordas italianos, com os acordes finais executados de maneira especialmente enfática, com uma disposição pacífica,

talvez fossem justamente os católicos ou os amantes de concertos que, ao fim do quarto movimento, tivessem começado a aplaudir, como era costume, arrastando consigo os demais, ela mesma também tinha batido palmas timidamente, algumas vezes, antes de se dar conta do que estava fazendo, e então tudo passou, tudo passou depressa demais,

e durante os dois minutos de pausa, enquanto os instrumentistas desocupavam seus lugares, houve intranquilidade em meio ao público, cochichos e murmúrios aqui e ali, um instante de constrangimento, ela esperava que Frau Fürst, que tinha concebido o programa da noite, e que certamente não havia planejado este efeito com Haydn e com os aplausos libertadores, não tivesse de enfrentar dificuldades com as *pessoas oficiais*, que estavam sentadas, com seus uniformes e à paisana, não só nas primeiras fileiras,

justamente Frau Fürst, que só vivia para a música e nunca se cansava de convidar todas as pessoas que conhecia para participarem do coro e de conquistá-las, seguindo o lema *Abrir o coração à música!*, para participarem ativamente da ligação musical com o Altíssimo,

aquela ligação que o baixo tentava restaurar com o solo *Eu me deito e durmo e desperto*, de Heinrich Schütz, era difícil, pois era difícil para ele superar com seu canto o desassossego da comunidade espantada consigo mesma que pairava no recinto, além disso a música que ele tinha a apresentar era mais frágil e o texto, mais perturbador, *meu Deus, tu golpeias as faces de todos os teus inimigos e arrebentas os dentes dos que não têm fé,* isto não combinava com as harmonias graciosas de Haydn, tampouco combinava com os inimigos da Alemanha, com os ingleses, os americanos, os franceses, que afinal também eram cristãos, só se podia estar falando dos bolcheviques, se é que se podia aplicar ao presente a mensagem bíblica, as batalhas contra os russos eram as mais difíceis e as mais cheias de perdas, e ainda não estavam decididas, ainda que, desde o início, o Führer tivesse lutado contra o comunismo, contra esta religião dos ateus, e já quase os tivesse derrotado,

talvez as *pessoas oficiais* agora estivessem satisfeitas porque a vontade de guerrear só tinha sido enfraquecida momentaneamente durante este concerto, e agora, com Heinrich Schütz, era restaurada, enquanto ela, sentada ao lado da irmã Luise, que suspirava, não queria voltar a pensar naquilo, especialmente não no meio de um concerto belíssimo,

ela preferia olhar para a pia batismal, onde, dentro de poucas semanas, ela e Gert esperavam batizar a criança, algo que ela só conseguia imaginar com dificuldade, então preferiu continuar a sonhar com um futuro desconhecido ao lado de sua família em algum lugar no campo,

e depois, depois do fim da guerra e do fim das separações, ela gostava de se imaginar vindo outra vez a Roma, com Gert, para visitar o lar das diaconisas, para desfrutar, com ele, dos prazeres com os quais ele um dia sonhara, o sorvete excelente, as laranjas suculentas e baratíssimas, as gordas cerejas em maio, o chocolate, o café amargo, que só se conseguia tomar com muito açúcar, talvez até mesmo os espaguetes complicados e compridos demais com os molhos picantes demais, aprender a virar o garfo corretamente para comê-los,

passear de mãos dadas pelo Foro romano, sobre a colina do Palatino e pelas ruas antigas, descansar em meio ao silêncio do Panteão e olhar com gratidão para o alto, aquecer-se ao sol benevolente da manhã ou ao sol da tarde, que era uma bênção, ou sob os guarda-sóis nos terraços onde agora estavam sentados os oficiais, e olhar, e admirar-se,

Ah, quão efêmeros, ah, quão insignificantes, ergueram-se as vozes do coro, acompanhadas pela força do órgão, retomar tudo o que tinha ficado para trás, os museus, a começar pela galeria do Parque Borghese, e deixá-lo mostrar-lhe tudo outra vez, com calma, os deuses com os garfos e César e Augusto e Michelangelo,

e descer para as catacumbas, nas quais os primeiros cristãos tinham sobrevivido a séculos de perseguições, aonde agora ela não ousava ir sozinha ou onde era arriscado demais para uma mulher no oitavo mês de gravidez, por causa das escadarias íngremes e escorregadias, conforme ela ouvira dizer, e por causa das penosas viagens de ônibus pelas ruas esburacadas dos subúrbios,

aventuras como aquelas, ela preferia enfrentar junto com Gert, numa época melhor, *Ah, quão efêmeros, ah, quão insignificantes,* outra vez o órgão parecia provocar movimentos bruscos na criança, e fazer passeios dos quais os outros tinham falado com encantamento, para os jardins de Tivoli, para as vinhas de Frascati, *são os dias do homem,* para o mar, em Ostia ou ir de bonde até o monte Cavo, *assim como um córrego começa a correr,*

destinos que, repletos de atrações romanas, lhe pareciam um luxo duplo e triplo, como se a riqueza infinita da cidade não fosse suficiente, como se fosse preciso superar, o tempo todo, o belo com novas belezas, como se não fosse possível dar-se por satisfeito com aquilo que se tem, *e ao correr não tem pausa,* pensamentos difíceis, sobre os quais também era preciso conversar com o saudoso companheiro ou que talvez subitamente pudessem tornar-se supérfluos,

se agora ele simplesmente voltasse de avião para Nápoles, cruzando o mar, por causa de sua perna enferma, depois tomasse o trem, *e ao correr não tem pausa,* então ela não teria de esperar por um tempo distante de paz, talvez logo pudesse ir com ele, na primavera, depois do nascimento, até o monte Cavo ou até Tivoli, então ela poderia ir com ele e com a criança até a praia, em Ostia, até a areia e o sol, *assim nosso tempo corre desde lá*, fazer passeios com a família, como os de antigamente para Heiligendamm,

nos olhos de Cristo, sentado sobre seu trono em meio ao céu dourado de mosaico, no rosto barbado sob a auréola, ela lia a suave advertência, não deseje demais nem se deixe levar demais pela imaginação, ela se concentrou, no auge da tarde que se aproximava, na cantata, *De bom grado quero portar a cruz*, e agora o solista voltava a se levantar, e os instrumentos de cordas, que substituíam a orquestra, estavam sendo afinados, o órgão deu o tom, o coro começou a cantar,

e então o solista, acompanhado pelos instrumentos de cordas, fez brilhar sua voz de baixo, firme, consciente, entoando cada uma das palavras com profundidade e alegria, o mais belo de tudo era ouvir como ele era capaz de estender a tal ponto a primeira sílaba da melodia, erguendo a voz e voltando a abaixá-la, lapidando-a sem interrupções, ou só com interrupções minúsculas, quase inaudíveis, do fluxo respiratório, de tal maneira que a primeira palavra do verso se transformava numa representação musical do longo e paciente suportar da cruz, uma habilidade que ele repetiu com as mesmas sequências musicais no verso seguinte, ela quase conseguia cantar aquela ária lenta em silêncio, junto com ele, e assim como cada uma das palavras da Bíblia era para ela uma ajuda e um estímulo, também a música de Bach, que calava fundo na alma, nutrida por palavras bíblicas, por outras palavras de força semelhante e pela visão clara de um eu suplicante e agradecido,

que também era o eu dela, que encontrava os próprios pensamentos expressos em cada uma das sílabas cantadas, *Agora meu Salvador enxuga minhas lágrimas*, exatamente assim também tinha sido antes, só que ela mesma não teria sido capaz de expressar aquilo com tanta beleza, talvez nem mesmo tivesse sido capaz de pensar aquilo,

espantada ao ver que, duzentos anos antes, este Johann Sebastian Bach já tinha conseguido compreender e expressar e aliviar com consolo, com uma única cantata, aquilo que uma mulher de vinte e um anos, grávida e sozinha, banida do mar do Leste para o Mediterrâneo, à espera em meio a uma guerra terrível, sentia, e não só o que ela sentia,

certamente todos os que estavam ali relacionavam o que ouviam com sua situação no presente, com a guerra e com os sofrimentos, com as mortes que eram anunciadas dia após dia, certamente fora por este motivo que Frau Fürst escolhera a cantata de número 56 para uma comunidade na qual todos já haviam perdido parentes próximos e amigos, e que estava preparada para a morte,

ela devia se sentir grata, pois em sua família próxima todos ainda estavam vivos, seus pais e seus cinco irmãos, e o único irmão de Gert, ela rezava para que as coisas permanecessem assim, na guerra anterior tinha sido muito pior, os dois irmãos de seu pai e um irmão de sua mãe tinham ficado nos campos de batalha, assim como dúzias de primos e de tios e de amigos de seus pais, o pai de Gert caíra logo no início da guerra, e logo após o término da guerra a mãe dele também morrera, e muitos outros daquela família, cedo demais,

e justamente porque eles todos ainda estavam vivos, a probabilidade de uma morte aumentava dia a dia, poderia acontecer com seus irmãos ou com seus pais, poderia acontecer ainda hoje, talvez não na pacífica Roma ou talvez, quem poderia saber, talvez ainda não em Roma,

até quando ela poderia ficar ali, se as fronteiras vacilavam e se os americanos e os ingleses avançavam no Norte da África, e se aproximavam cada vez mais, o mar até a Sicília não é tão largo, e a Cidade Eterna não ficará eternamente ao abrigo das bombas, o que haveria de ser de Mussolini, se é que havia algo de verdade nos temores e nas esperanças secretas de Ilse, e ainda assim ela não queria ter medo e entregou-se novamente à voz do baixo e ao violoncelo, *Então eu conquisto a força no Senhor*, e lhe parecia que esta força da música lhe era transmitida, como se as melodias erigissem uma muralha protetora,

cada vez mais alta e esplêndida, elevando-se e formando uma arquitetura em arco elevado, *Então eu me torno como uma águia*, e ela se sentia abrigada ali, como dentro de um panteão de notas musicais, *Então eu me alço desta terra*, sob uma escada celeste de escalas sonoras celestiais, sob uma cúpula de harmonias,

sob a qual sua vida obedecia, suas duas vidas, a criança, e sob a qual, exaltados e iluminados, cabiam o Castelo de Wartburg e a Catedral de Doberan, o Pincio e a Escada de Jacó, na Piazza di Spagna, e toda a poderosa Roma, que já não mais a amedrontava e sob a qual até mesmo a guerra parecia encolher,

sob uma cúpula de sons, que culminava com o coro *Vem, ó morte, irmã do sono*, na qual, com espantosa ousadia, a morte era cantada tão abertamente, louvada e desejada, *Vem e leva-me daqui*, e graças às notas lentas e penetrantes da música, o terror da morte se afastava e se perdia, e como até mesmo

as sirenes eram sobrepujadas, o rugido dos bombardeiros que se intensificavam, as bombas caindo e explodindo, as casas que desabavam, os gritos e os gemidos dos feridos, o som sinistro dos relatos do exército era sobrepujado, assim como todo o clamor da guerra,

assim ela desejava mais corais, ainda muito mais altos, contra a morte, dia e noite os corais e os órgãos haveriam de ressoar, tocar com todas as notas até que a guerra acabasse, desde já todos deveriam cantar junto, a irmã Ruth, a irmã Luise, elas só tinham de começar, todos os espectadores em seus assentos, todos os que estavam na igreja, a Via Sicilia inteira, a cidade de Roma inteira, a Europa inteira tinha de cantar junto e, sem intervalo, entoar um coral depois do outro,

e também os soldados, como tinham feito antigamente, nos tempos do velho Fritz*, todos os generais em todos os *fronts*, cristãos, pagãos, judeus, comunistas, todos tinham de tomar fôlego e cantar juntos o impressionante hino *Louvai ao Senhor*, como sabia fazer seu pai, o capitão, de maneira que ninguém conseguia resistir a cantar junto com ele a plenos pulmões e louvar *o Poderoso Senhor das Honras*,

tudo cabia sob a tenda celestial da música, até mesmo o maravilhoso silêncio que se fez ao término da última nota, cujo eco ainda oscilava, um silêncio

---

* Apelido pelo qual era conhecido o rei Frederico, o Grande (1740-1786). (N. T.)

aliviado, sereno, que combinava com seu silêncio íntimo, um silêncio que durou meio minuto, sem ser perturbado por aplausos nem por ruídos, que correspondia a seu silêncio sereno, que a fez pensar que a mais bela de todas as coisas em tempos de guerra é o silêncio,

e ela se decidiu a escrever uma carta ainda hoje, e a guardar em seu coração o máximo possível daquilo que hoje ela observara em seu caminho e daquilo que sentira sob o teto celestial da música, para contar e relatar tudo aquilo ao distante amado na África, se possível ainda hoje, depois do jantar, numa carta longa, bem longa.

Impressões de uma caminhada

Luis S. Krausz

Num ensolarado sábado à tarde de janeiro, no ameno inverno de Roma, durante os anos críticos da Segunda Guerra Mundial, uma caminhada começa à porta do lar das diaconisas de Kaiserwerth, na Via Alessandro Farnese, e termina na igreja da Via Sicilia, do outro lado do rio Tibre e da colina do Pincio. Estes são os limites temporais e geográficos da comovente narrativa de *Retrato da mãe quando jovem*, de Friedrich Christian Delius, em que uma moça alemã grávida defronta-se com um mundo desconhecido, estranho e fascinante. Orientada pela fé luterana, por princípios éticos austeros e por uma visão de mundo que tem na busca pela pureza e pelo contentamento, na modéstia, na compaixão e na diligência seus elementos-chaves, a vida interior da protagonista é, mais do que o retrato imaginário da mãe do autor, um mergulho na identidade coletiva do Norte germânico na primeira metade do século XX – uma identidade fraturada e fragmentada pelo advento do nacional-socialismo e pelo estabelecimento de um estado totalitário, cujas regras, impostas por meio da coerção e da violência, mostram-se, cada vez mais, irreconciliáveis com a tradição religiosa cristã.

A face das décadas de 1930 e 1940 na Alemanha, tecnocrática e burocrática no âmbito da organização do trabalho e do poder político e neopagã no âmbito de suas doutrinas estéticas e filosóficas, põe em xeque os parâmetros de uma espiritualidade de raiz bíblica e os determinantes de uma identidade tradicional cujo fulcro está no culto às virtudes protestantes. Esse tempo e o que traz consigo surge, aqui, como uma interferência detestada, porém aceita com resignação e humildade, na vida de um jovem casal educado no seio de famílias religiosas, e cada vez mais estranho à realidade que o cerca.

O confronto com o desconhecido e com o estrangeiro, portanto, que é o desencadeante de todas as reflexões despertadas ao longo dessa caminhada de aproximadamente uma hora de duração, vai muito além da alienação ante uma terra, uma língua e um povo desconhecidos, isto é, a Itália e os católicos. O termo freudiano *unheimlich*, que designa o estranhamento ante algo que deveria permanecer oculto, mas que emerge à consciência, descreve o vínculo da protagonista não apenas com o intrigante, ao mesmo tempo atraente e repulsivo mundo romano, mas também com a sua própria história recente, dividida entre o entusiasmo pelas doutrinas que lhe foram inculcadas no âmbito da Liga das Meninas Alemãs, ou Bund Deutscher Mädel (BDM) – que era a contrapartida feminina do movimento da Juventude Hitlerista, ou Hitler Jugend –, e as opiniões piedosas, derivadas da religiosidade luterana, cultivadas na casa paterna e que são enaltecidas por Gert, seu marido, convocado de última hora para prestar serviço militar no *front* tunisiano, muito embora fosse ferido de guerra.

De um lado, portanto, está a confrontação entre o universo familiar da crença protestante e os espíritos do catolicismo romano, com seu pendor para a pompa, o luxo e a sensualidade. Essa é a antiga e bem sedimentada oposição entre o luteranismo e o catolicismo, entre a reforma e a contra-reforma, a respeito da qual Gert, o marido que está longe, tanto fala. Mas às contradições entre estes dois mundos, que levam a uma busca constante e ansiosa pela verdade, soma-se um novo – e mais grave – conjunto de polaridades: o dos velhos paganismos europeus, que parecem espreitar, o tempo todo, a integridade da fé cristã, rompendo-a por meio das imagens sensuais de figuras da mitologia clássica que se encontram no interior dos museus, mas também na fachada de palácios, em parques e jardins, nas fontes romanas, e se transformam em imagens assustadoras para uma jovem e solitária mulher que caminha por Roma.

São também esses velhos paganismos europeus que, de alguma maneira, se insinuam por meio das próprias cerimônias e solenidades organizadas pelos nazistas: a mitologia do III Reich pode ser compreendida, também, como uma retomada não manifesta do culto aos deuses esquecidos do Valhala, da cultura arquigermânica que antecede o estabelecimento da cristandade, como um retorno às raízes profundas de um mundo caracterizado pelo panteísmo e pelo politeísmo, como fica claro, por exemplo, nas cerimônias pseudorreligiosas do BDM das quais a protagonista participou em sua adolescência, e que a marcaram de maneira decisiva. As cantigas e as danças em torno de fogueiras, à noite; o culto à natureza alemã, que a entusiasma; sua profunda ligação com florestas, rios e montanhas trazem consigo, também, a sedução de cultos telúricos, gradativamente obliterados da consciência, mas que a todo momento ameaçam retornar, trazendo consigo a fascinação do primário e do primitivo, ao mesmo tempo em que colocam em xeque os princípios de uma ética da austeridade e da temperança.

Se a Idade Média alemã pode ser compreendida como um movimento pendular que oscila entre os territórios de um paganismo carnal, frequentemente sangrento, e os excessos do ascetismo e da sublimidade das doutrinas e das lendas da Igreja, a protagonista retoma, nos diálogos íntimos que acompanham seu passeio por ruas, pontes, praças e parques romanos, essas mesmas oscilações. Ora se sente ameaçada e aterrorizada pelas diferentes imagens e representações de um universo selvagem, que habitam sua memória alemã recente tanto quanto as ruas da metrópole meridional e sensual e infinitamente distante do recato de uma cidadezinha da província germânica de Mecklenburg, ora se sente reconfortada pela fé de seus pais e de seu marido, cujo eco encontra em sua própria consciência – uma fé que está ameaçada por todos os lados, seja pelos acontecimentos políticos e pela guerra, seja pelo ceticismo e pelo cinismo de uma era de desencantamento e solidão.

A narrativa, assim, pode também ser compreendida como uma história de triunfo do espírito e da consciência, como uma espécie de martírio ou paixão, e como uma metáfora da trajetória da alma pelos perigos deste mundo: a luta pela manutenção da integridade e dos princípios em tempos de adversidade é também a luta pela preservação do humanismo em tempos de crescente bestialização.

Mas, para além das considerações teóricas, este *Retrato da mãe quando jovem* é também o percurso de um olhar sensível sobre Roma, a cidade que capturou com tanta intensidade o interesse e as paixões dos homens cultos de todos os quadrantes da Europa do século XIX, em especial dos românticos, que, revoltados contra os excessos de um racionalismo triunfante, ali reencontraram vínculos com diferentes camadas do passado europeu. Sem buscar uma reprodução pedante e sem sentido das impressões, ideias e pensamentos dos eruditos – que são cultivados com um fervor colecionista pelos representantes, frequentemente artificiais, do *establishment* cultural e acadêmico presentes na narrativa –, Delius recupera a ingenuidade de um olhar despido de ideias preconcebidas para deixar as impressões despertadas pelo ambiente ressoarem livremente na intimidade de uma mulher que se dedica a uma contemplação isenta. E se essas impressões desencadeiam ondas de choques, levam-na a querer buscar a família e as terras de nascença, que se transfiguram em suas divagações e se tornam o porto seguro para o qual ela deseja retornar, ao mesmo tempo em que têm um poder transformador: o encantamento irresistível da cidade, que é o encantamento do estranho e do diverso, é o desencadeador do lirismo que caracteriza este texto. A atenção concentrada do olhar é capaz de revelar, sob a superfície aparentemente banal das coisas cotidianas, aquelas dimensões insuspeitadas que são a matéria criadora do texto literário. O desenvolvimento da sensibilidade gerado por este encontro entre sujeito e objeto – que é um dos objetivos centrais da *Bildung*, a educação humanística germânica do século XIX – faz-se sentir aqui de maneira a educar, também, o próprio olhar do leitor. Mais do que um passeio por Roma, este retrato transforma-se em um passeio por aquelas regiões abstratas, metafísicas, em que a palavra se torna geradora de sentido porque é capaz de constelar realidades próprias, que já são autônomas.

É assim, também, com a música, que surge nas últimas páginas do livro e se torna o refúgio para o qual confluem os anseios da protagonista, a morada da paz em tempos de incertezas e de perigos, e a expressão da esperança eterna no estabelecimento, na Terra, de uma autêntica cidade celestial.

A poética de Delius retoma, portanto, num registro estético contemporâneo, o que há de melhor e mais precioso na tradição humanista da cultura alemã: seu caráter esperançoso, ético, talvez redentor.

Março de 2012

Luis S. Krausz nasceu em São Paulo (SP), em 1961. Escritor e tradutor, é professor de literatura hebraica e judaica na Universidade de São Paulo. Formado pela Universidade da Pensilvânia (Estados Unidos), Universidade de Zurique (Suíça) e Universidade de São Paulo, é autor de *Desterro – memórias em ruínas* (Tordesilhas, 2011). Traduziu, entre outros títulos, *A canção dos nibelungos* (Martins Fontes, 1993) e *A pianista* (Tordesilhas, 2011).

Este livro, composto em tipografia Garamond e diagramado pela Alaúde Editorial Limitada, foi impresso em papel Norbrite sessenta e seis gramas pela Bartira Gráfica no nonagésimo sexto ano da publicação de *Retrato do artista quando jovem*, de James Joyce. São Paulo, maio de dois mil e doze.